BÛCHERON GRINCHEUX

Une romance dans la petite ville de Love Springs

GINGER HUDSON

Traduction par
CLAIR BEAUFORT

Cherrylily

TABLE DES MATIÈRES

Aurora Sinclair est sur le point de réaliser son rêve de toujours, devenir boulangère.

Il n'y a qu'un seul problème.

La vieille boulangerie délabrée qu'elle a héritée de son oncle Jim a grandement besoin de réparations.

Comment Randall Woods entre-t-il dans l'équation ?

Il est le meilleur (et le plus grincheux) homme pour le travail. Ce bûcheron de la petite ville au passé troublé sait exactement ce qu'Aurora doit faire pour remettre la vieille boulangerie de son oncle sur pied en un rien de temps. S'il est disposé à l'aider, bien sûr...

Et qui de mieux placé que la plus adorable nouvelle résidente de Love Springs pour le convaincre !

Aurora échafaude un plan pour persuader le bûcheron grincheux de l'aider. Malheureusement, sa recette du succès tourne mal lorsque la passion et le désir pour le musculeux bûcheron commencent à bouillonner dans son cœur, telle une chaude garniture de fraises pour l'une de ses plus délicieuses tartes maison.

S'il existait seulement une recette spéciale qui pourrait atteindre le cœur verrouillé même du bûcheron le plus grincheux ?

CHAPITRE UN

*A*urora Sinclair sortit de sa voiture compacte et sensée, ses longs cheveux bruns cascadant dans son dos tandis qu'elle s'étirait et regardait autour d'elle. Le soleil se reflétait sur son sourire éclatant, illuminant son visage alors qu'elle découvrait la charmante ville de Love Springs. L'air était saturé du parfum enivrant des fleurs sauvages et du pain fraîchement cuit, une combinaison qui lui envoya un frisson d'excitation dans la colonne vertébrale. C'était l'occasion pour elle de repartir à neuf et de réclamer l'héritage que lui avait légué son défunt oncle Jim.

— Bienvenue à Love Springs ! lisait-on sur une pancarte aux couleurs pastels, qui ressortait sur la végétation luxuriante l'entourant.

Le cœur d'Aurora se gonfla d'enthousiasme tandis qu'elle admirait la charmante rue principale, bordée d'un patchwork de bâtiments en briques rouges et en planches blanches. L'architecture évoquait une époque révolue, un temps plus simple auquel Aurora aspirait après des années à vivre dans l'agitation et le tumulte de la ville.

— Excusez-moi, mademoiselle, l'interpella une voix chaleureuse dans son dos.

Aurora se retourna, piquée de curiosité, pour découvrir une femme d'âge mûr au large sourire, qui lui tendait la main. — Je suis Martha, la maire de cette charmante petite ville. Vous devez être Aurora, notre nouvelle résidente.

— C'est bien moi ! répondit Aurora en serrant la main de Martha avec enthousiasme. Je suis ravie de faire votre connaissance, Maire Martha.

— Juste Martha, je vous en prie, insista-t-elle en balayant la formalité d'un geste de la main. Nous sommes tous amis à Love Springs.

Les yeux d'Aurora brillaient de gratitude tandis qu'elle observait les habitants s'affairer, chacun semblant plus sympathique que le précédent. Elle sentait déjà que Love Springs était l'endroit idéal pour commencer une nouvelle vie et réaliser son rêve de diriger une boulangerie prospère.

— La boulangerie de votre oncle Jim se trouve un peu plus loin dans la rue, l'informa Martha en pointant du doigt une charmante petite boutique nichée entre une fleuriste et une librairie. Je suis certaine que vous vous y sentirez comme un poisson dans l'eau, Aurora.

— Merci, Martha, répondit-elle avec

un sourire radieux de détermination. Je ferai tout ce qui est en mon pouvoir pour que sa boulangerie soit la meilleure possible. C'est ce que mon oncle Jim aurait voulu.

— Votre oncle était un homme formidable, lui confia Martha, les yeux embués de tendres souvenirs. Il croyait aux secondes chances et à la réalisation des rêves. Je n'ai aucun doute que vous honorerez son héritage.

Aurora hocha la tête, la mâchoire serrée par la résolution, le cœur battant d'anticipation. Elle savait qu'il y aurait des défis à relever, mais elle était prête à leur faire face. À chaque pas qu'elle faisait vers sa nouvelle vie à Love Springs, elle se sentait de plus en plus certaine d'avoir fait le bon choix.

Alors qu'elle approchait de la vieille boulangerie, l'esprit d'Aurora fourmillait de possibilités : nouvelles recettes, ingrédients frais et une atmosphère chaleureuse et accueillante qui attirerait les clients et les ferait revenir indéfiniment. Elle avait hâte d'ouvrir les portes et d'accueillir le monde dans son nouveau chez-soi.

— Et c'est parti ! murmura-t-elle pour elle-même, la main tremblante tandis qu'elle atteignait la poignée.

Mais même si des papillons voltigeaient dans son estomac, Aurora Sinclair savait une chose : elle ne reculerait devant rien pour faire de la Boulangerie de l'Oncle Jim un succès, et ainsi, trouver elle aussi son propre « ils vécurent heureux pour toujours » dans la charmante ville de Love Springs.

CHAPITRE DEUX

$\mathcal{P}$lus tard dans la semaine, à chaque pas dans la rue principale, Aurora sentait son cœur se gonfler d'excitation et d'anticipation. Les charmants bâtiments de briques, les réverbères ornés et les visages amicaux qui la saluaient au passage la remplissaient de chaleur et d'un sentiment d'appartenance. Alors qu'elle poursuivait son exploration de sa nouvelle ville, Love Springs, elle réalisa qu'elle avait trouvé la ville idéale.

Elle s'était même fait une amie —

Karen Jones, la propriétaire du café local. Ce qui avait commencé par la recherche désespérée d'Aurora d'un endroit pour prendre son café du matin s'était transformé en une conversation animée sur leur passion commune pour la pâtisserie, qui avait rapidement évolué vers la possibilité qu'Aurora fournisse à Karen quelques pâtisseries pour son café.

Elles étaient devenues amies instantanément et aujourd'hui était le jour où Karen s'était portée volontaire pour l'aider à s'installer dans sa nouvelle maison.

— D'accord, donc nous avons couvert l'essentiel – courses, pharmacie et bureau de poste, dit Karen en cochant des éléments sur une liste imaginaire. Maintenant, trouvons-vous un endroit pour vivre au lieu de vivre dans votre valise à l'auberge.

Aurora sourit, les yeux pétillants d'enthousiasme. — Parfait ! J'ai hâte de trouver un petit appartement douillet au-dessus de l'une de ces charmantes boutiques. Ce sera comme vivre dans un conte de fées.

— Ah, oui, la bonne vieille vie de petite ville, taquina Karen, les yeux brillants d'amusement. Mais vraiment, c'est génial ici. Tu vas adorer.

Pendant qu'elles cherchaient l'appartement parfait, Aurora ne pouvait s'empêcher d'admirer la façon dont Karen semblait connaître tout le monde dans la ville. Elle présenta Aurora aux commerçants et autres propriétaires d'entreprise, qui l'accueillirent tous avec des sourires aimables et des offres d'assistance. À chaque présentation, Aurora se sentait de plus en plus liée à Love Springs, et sa détermination à faire un succès de la boulangerie ne faisait que grandir.

— Très bien, annonça fièrement Karen après avoir montré à Aurora le parfait petit appartement douillet au-dessus de la librairie. Non seulement il se trouvait juste à côté de la boulangerie, mais il était plus grand que son minuscule appartement qu'elle avait quitté en ville. Maintenant que vous avez un endroit où vivre, parlons de vos projets pour la boulangerie.

— Avant toute chose, dit Aurora d'une voix pleine de résolution. Je veux rénover l'intérieur pour le rendre plus accueillant et moderne. Je pense à de la peinture fraîche, un nouvel éclairage et quelques tables et sièges confortables où les clients pourront se détendre et savourer leurs gourmandises.

— D'accord, approuva Karen en hochant la tête. Et pour la carte des menus ? Des projets de mise à jour de ce côté ?

— Absolument ! s'exclama Aurora, les yeux brillants. Je veux conserver certains des classiques de l'oncle Jim, mais aussi introduire de nouvelles recettes innovantes sur lesquelles je travaille, qui attireront les gens jusqu'à la porte.

— Ooh, j'aime cette idée, dit Karen

dont l'enthousiasme grandissait à son tour. Quelles sortes de gourmandises envisagez-vous d'ajouter ?

— Voyons voir, dit Aurora d'un air songeur en se tapotant le menton. Que diriez-vous de cupcakes gourmets aux combinaisons de saveurs uniques ? Ou peut-être de délicats macarons français dans toutes les couleurs de l'arc-en-ciel ?

— Hum ! déclara Karen, la bouche pratiquement en eau rien que d'y penser. Tu vas faire saliver toute la ville.

— C'est exactement mon plan, répondit Aurora avec un clin d'œil. Maintenant, il ne me reste plus qu'à trouver les bonnes personnes pour m'aider à le réaliser.

— Laisse-moi faire, proposa Karen. Je connais des gens formidables. Je suis sûre que certains aimeraient travailler avec toi à la boulangerie.

— Merci beaucoup Karen, dit Aurora d'une voix pleine de gratitude. Je ne sais pas ce que je ferais sans toi.

— Hé, c'est à ça que servent les amis, dit Karen en donnant une tape amicale à Aurora. Maintenant, mettons-nous au travail et faisons de ta boulangerie la vedette de la ville !

Alors qu'elles retournaient ensemble vers la boulangerie, Aurora ne pouvait s'empêcher d'être émerveillée par la rapidité avec laquelle sa vie avait changé depuis son arrivée à Love Springs. Avec un nouveau foyer douillet, une amie incroyable et l'opportunité d'une vie de poursuivre sa passion, elle avait l'impression que tout tombait en place.

Il restait juste la question des rénovations dont la boulangerie avait grandement besoin. Elle ne voulait pas laisser cela l'entraver, mais si elle ne trouvait pas bientôt quelqu'un pour s'en occuper, elle risquait d'être dans de véritables ennuis.

Avec un peu de chance, Karen connaissait un bon bricoleur ?

CHAPITRE TROIS

urora Sinclair se tenait au milieu de la boulangerie qu'elle venait d'hériter, ses cheveux bruns foncés tombant sur ses épaules tandis qu'elle scrutait la boutique délabrée avec une farouche détermination. Avec un léger sourire, elle pouvait imaginer les rires et les bavardages des clients qui avaient autrefois rempli l'espace quand son oncle Jim était encore en vie.

Mais maintenant, le plafond laissait tomber des gouttelettes d'eau sur sa tête, les murs s'écaillaient comme un coup de soleil réclamant de l'aloès vera, et le sol craquait sous ses pieds comme s'il risquait de s'effondrer à tout moment.

— Allez, Aurora, marmonna-t-elle pour elle-même, une main sur la hanche. Tu peux y arriver, ma fille. Tu as l'envie, tu as la passion, et tu as définitivement les compétences en pâtisserie. Tout ce qu'il te faut, c'est... un petit miracle.

Tandis qu'elle se promenait dans la boulangerie, évitant les gouttes occasionnelles du plafond, Aurora essaya d'imaginer l'endroit après une rénovation bien nécessaire. De la nouvelle peinture sur les murs, un sol solide qui ne menaçait pas de l'avaler à chaque pas, et peut-être même de nouvelles vitrines pour exposer ses délicieuses pâtisseries. Mais aussi forte que fût sa confiance en elle, elle savait qu'elle ne pourrait pas accomplir tout cela seule.

— Réfléchissons, dit-elle en tapotant son menton d'un air songeur. Qui à Love Springs peut m'aider à remettre ce bazar en état ? Un professionnel, quelqu'un qui sait ce qu'il fait...

Ses pensées dérivèrent vers les différents visages du village, mais un individu rugueux lui vint à l'esprit. Randall Woods, le bûcheron de notoriété grincheux qui vivait seul dans les bois, et était connu pour ses compétences en menuiserie.

Elle avait entendu des histoires à son sujet de la part de Karen, comment il gardait ses distances avec la plupart des gens et protégeait sa vie privée. Karen avait admis à contrecœur qu'il serait le meilleur pour le travail, mais avait également ajouté qu'il serait probablement la dernière personne à accepter de l'aider.

Et pourtant, il y avait quelque chose de saisissant dans l'idée de l'approcher. Peut-être était-ce sa prétendue habileté ou simplement le défi de lui prouver sa valeur. Si elle voulait construire la meilleure boulangerie possible, pour honorer l'héritage de son oncle Jim, elle avait besoin des meilleures personnes pour l'aider.

— Randall Woods, murmura Aurora. C'est ma meilleure chance pour y arriver.

Animée d'un regain d'énergie, Aurora saisit son sac et se hâta hors de la boulangerie, se dirigeant vers les bois pour trouver l'insaisissable Randall Woods. Elle savait que ce ne serait pas facile, mais elle était déterminée à faire de la boulangerie de son oncle Jim un succès une fois de plus, même si cela signifiait convaincre l'homme le plus grincheux de la ville.

— Préparez-vous, Monsieur Woods, lança Aurora avec un sourire narquois en s'avançant d'un pas résolu. Je viens vous chercher, et je n'accepterai pas un refus.

CHAPITRE QUATRE

urora traversait les bois, ses bottes crissant sur les feuilles mortes et les brindilles. Les rayons du soleil filtraient à travers la canopée, jetant une lumière dansante sur son visage déterminé. Après plusieurs minutes de marche, elle aperçut enfin la cabane de Randall, une charmante demeure d'où s'échappait une fumée ondoyante par la cheminée.

— Allez Aurora, murmura-t-elle pour elle-même, tu peux le faire.

Serrant les poings pour prendre

courage, elle s'approcha de la porte d'entrée et frappa fortement.

La porte grinça en s'ouvrant, révélant Randall Woods dans toute sa splendeur virile. Ses yeux bleus perçants semblaient la transpercer, et sa barbe broussailleuse ne faisait qu'accentuer son air renfrogné. La détaillant de la tête aux pieds, il fronça les sourcils, visiblement peu impressionné.

— Je peux vous aider ? lança-t-il d'un ton bourru, sans faire mine de l'inviter à entrer.

— Bonjour, je suis Aurora Sinclair, dit-elle en lui tendant la main. J'ai récemment hérité de la boulangerie de mon oncle Jim.

Le regard de Randall s'anima en entendant le nom de son oncle Jim, mais il ne sourit pas. Il lui serra la main à contrecœur et répliqua : — Que voulez-vous, Mademoiselle Sinclair ?

— Écoutez, monsieur Woods, j'irai droit au but, commença Aurora, essayant de paraître plus assurée qu'elle ne l'était vraiment. La boulangerie est dans un état lamentable. Le plafond fuit, les murs s'écaillent et le sol est pratiquement défoncé.

— Vous avez donc besoin d'un entrepreneur, rétorqua-t-il en esquissant un geste pour lui fermer la porte au nez.

— Attendez ! s'écria Aurora en avançant d'un pas pour bloquer la porte. On m'a dit que vous étiez le meilleur charpentier du coin, et j'aurais vraiment besoin de votre aide. Je n'ai pas beaucoup d'argent, mais je suis prête à trouver un arrangement.

— Désolé, pas intéressé, grogna-t-il d'une voix aussi rude que l'écorce des bouleaux entourant sa propriété.

— Je vous en prie, supplia Aurora, ses yeux bruns brillant d'une détermination constante. La boulangerie de mon oncle signifie tout pour moi. Je ne pourrai pas la remettre en état sans quelqu'un comme vous.

Randall hésita, son expression

montrant le doute. Aurora saisit l'occasion, se lançant dans un discours passionné.

— Monsieur Woods, je sais que vous n'êtes pas connu pour aider les gens ou vous impliquer dans leur vie. Mais mon oncle était un homme bon qui se souciait de cette ville, et je veux honorer sa mémoire en transformant sa boulangerie en quelque chose d'incroyable. Si vous m'aidez, pensez à tout le délicieux pain et les pâtisseries que vous obtiendrez en retour !

Pendant qu'elle parlait, l'extérieur grognon de Randall semblait s'adoucir légèrement. Il étudia son visage pendant un long moment avant de céder finalement avec un lourd soupir.

— Très bien, grommela-t-il, je vais jeter un coup d'œil à votre boulangerie. Mais je ne promets rien.

— Merci ! Vous ne le regretterez pas ! rayonna Aurora, son sourire était contagieux même pour le plus grognon des bûcherons.

— C'est bon, marmonna Randall en roulant des yeux.

Il attrapa son manteau et ferma la porte derrière lui.

CHAPITRE CINQ

'excitation d'Aurora après avoir convaincu Randall de jeter un coup d'œil à sa boulangerie fut de courte durée. Alors qu'elle le conduisait à travers la porte d'entrée grinçante, son regard bleu perçant balaya l'intérieur délabré avec un œil exercé. Partout où il posait les yeux, il y avait des signes de délabrement.

— Écoutez, Mademoiselle Sinclair, dit Randall d'un ton bourru en se frottant la nuque, je vais être franc avec vous. Cet endroit est un vrai capharnaüm.

— Croyez-moi, je sais, répondit Aurora avec un rire nerveux. C'est pour ça que j'ai besoin de votre aide.

Randall fronça les sourcils, croisant les bras sur son torse musclé. — Et comme je vous l'ai déjà dit, je ne peux vous faire aucune promesse. J'ai mon propre travail et je n'ai pas le temps de tenir la main à quelqu'un d'autre pour son projet.

— Je vous en prie, monsieur Woods, écoutez-moi jusqu'au bout, implora Aurora en prenant une profonde inspiration pour rassembler ses pensées. Oncle Jim avait l'habitude de me raconter comment il aidait les gens de cette ville quand ils n'avaient plus un sou, comment il croyait aux secondes chances. Il disait toujours que tout le monde méritait une chance d'être heureux, peu importe d'où il venait.

Tandis qu'elle parlait, l'expression de Randall s'adoucit légèrement et son esprit dériva vers une époque où c'était lui qui avait besoin d'une seconde chance. Il se souvint du jour où l'oncle Jim l'avait trouvé, transi de froid et affamé, avec rien d'autre qu'un sac à dos usé et quelques dollars en poche. Malgré l'apparence rude de Randall et son passé tourmenté, l'oncle Jim lui avait offert un lit chaud et un emploi de bricoleur dans cette même boulangerie.

— Votre oncle... c'était l'un des rares à m'avoir traité avec gentillesse quand je suis revenu à Love Springs, admit Randall d'une voix basse, presque vulnérable. Mais malgré tout, je ne peux pas tout laisser tomber pour remettre en état votre boulangerie.

— Peut-être pas, concéda Aurora en se mordant la lèvre. Mais si nous pouvions établir un genre d'emploi du temps ? Tu pourrais m'aider les jours où tu ne travailles pas ou le soir, et je ferai tout ce que je peux pour que cela en vaille la peine.

Randall considéra sa proposition, les yeux plissés tandis qu'il pesait ses options. Finalement, il soupira, passant une main dans sa barbe. — D'accord, très bien. Nous allons essayer. Mais ne t'attends pas à ce que je sois tout sourire et fleurs pendant que nous travaillerons.

— Marché conclu ! s'exclama Aurora, son sourire radieux revenant. Et qui sait ? Peut-être que nous apprendrons tous les deux quelque chose de ce partenariat improbable !

— J'en doute, grommela Randall, bien que, au fond de lui, il ne pouvait nier l'étincelle d'espoir qui vacillait en lui.

Cela l'avait dévasté quand Jim était décédé si soudainement. La boulangerie qu'il avait aidé à tenir s'était lentement détériorée au fil des mois et des années suivantes. C'était douloureux à regarder, mais il n'avait rien pu faire à l'époque.

Alors qu'ils commençaient à discuter des plans pour la rénovation de la boulangerie, Randall se permit d'imaginer un avenir où il pourrait trouver le bonheur et la rédemption en aidant simplement la nièce de Jim – ne serait-ce qu'en restaurant la vieille boulangerie de l'homme.

CHAPITRE SIX

— Assez bavardé, déclara Aurora après leur discussion initiale, une lueur espiègle dans les yeux tandis qu'elle s'appuyait contre le comptoir de la boulangerie. Je sais que tu ne veux pas m'aider, mais soyons honnêtes, Randall. Mon oncle Jim aurait voulu que ça se passe comme ça, tu ne crois pas ?

La mention de l'oncle Jim sembla toucher une corde sensible, et Randall détourna le regard un instant, les yeux assombris par l'émotion. Elle pouvait le voir repenser aux souvenirs de son défunt oncle — l'homme qui lui avait donné sa chance quand personne d'autre ne le voulait.

— Jim a fait beaucoup pour moi, admit finalement Randall d'une voix rauque empreinte de sentiments refoulés. Mais je ne peux pas pour autant tout laisser tomber pour réparer ta boulangerie.

— Personne ne te demande de faire ça, répliqua Aurora d'un ton plus doux. Mais que dirais-tu de m'aider une fois par semaine pour commencer ? Si ce n'est pas pour moi, fais-le pour l'oncle Jim.

Un silence tendu s'installa entre eux tandis que Randall la fixait, cherchant sur son visage le moindre signe d'insincérité. Tout ce qu'il trouva fut une demande d'aide authentique, et sa détermination à faire de la boulangerie un succès.

— Très bien, grogna-t-il en détournant le regard. Je vais voir ce que je peux faire.

— Merci, souffla-t-elle, le visage rayonnant.

— Qu'une chose soit claire, prévint Randall en levant un doigt. Je ne fais ça que pour honorer la mémoire de Jim, pas parce que je t'aime soudainement toi ou ta boulangerie.

— Je comprends, acquiesça Aurora en s'efforçant de cacher son sourire. Maintenant, parlons de ce qui doit être fait et à quel point nous pouvons nous y mettre rapidement.

Randall soupira lourdement tandis qu'ils commençaient à discuter des détails de la rénovation de la boulangerie. Aussi réticent qu'il soit à l'admettre, une partie de lui se sentait plus heureuse à l'idée d'aider Aurora et d'honorer l'homme qui avait changé sa vie.

— Très bien, je peux t'aider avec la boulangerie après le travail et les week-ends, concéda-t-il en se grattant la barbe. Mais ne compte pas sur moi pour être ton homme à tout faire et faire toutes les petites choses.

— Bien sûr que non, approuva Aurora,

les yeux étincelants. Je serai là avec toi, à chaque étape.

— Génial, marmonna Randall en roulant des yeux. Tout ce dont j'ai besoin — *une distraction*.

— Hé ! protesta Aurora, feignant l'offense. Je te ferai savoir que je suis une excellente aide. Demande à n'importe qui à mon ancien travail.

— Ouais, c'est ça, la congédia Randall d'un geste de la main, secrètement amusé par son enthousiasme. Allons-y et finissons-en.

Alors qu'ils se serraient la main, scellant leur partenariat réticent, aucun d'eux ne pouvait nier l'étincelle d'excitation qui venait soudain de jaillir entre eux.

N'était-ce que la promesse d'une boulangerie revenue à la vie ou y avait-il plus que cela ?

CHAPITRE SEPT

— *A*llez, faisons cela, dit Randall à contrecœur, ses yeux bleus perçants foudroyant Aurora. Mais j'ai une condition.

C'était son premier week-end venu aider la nièce de Jim et il avait quitté le travail plus tôt pour le faire.

— Bien sûr, que voulez-vous ? demanda Aurora avec empressement, ses cheveux sombres rebondissant tandis qu'elle se penchait en avant.

— Restez hors de mon chemin, gronda-t-il en croisant les bras sur sa large poitrine. Comme je l'ai dit, je n'ai besoin d'aucune distraction pendant que je travaille.

Aurora cligna des yeux, quelque peu surprise par la rudesse de sa demande. Mais, déterminée à faire de la boulangerie un succès, elle savait qu'elle n'avait d'autre choix que d'accepter sa condition. Elle pinca les lèvres et hocha la tête, essayant de cacher sa déception de ne pas pouvoir travailler côte à côte avec le bûcheron.

— Très bien, concéda-t-elle en croisant les bras, dans une image miroir de Randall. Je promets de rester dans le bureau à l'arrière et de ne pas interférer avec votre travail.

— Bien, répondit sèchement Randall, ses yeux se plissant comme pour la défier de rompre sa promesse.

— Puis-je au moins vous apporter un café ou une collation de temps en temps ? demanda Aurora, son sourire revenant alors qu'elle tentait de détendre l'atmosphère. Vous savez, en guise de remerciement pour m'avoir aidée ?

Randall hésita, son expression stoïque s'adoucissant légèrement. Il devait admettre que l'amabilité et la ténacité d'Aurora l'attiraient, malgré son désir de garder ses distances.

— Très bien, céda-t-il en levant les yeux au ciel pour dissimuler son amusement. Mais seulement si cela n'interrompt pas mon travail.

— Ça marche, acquiesça Aurora en rayonnant de cette petite victoire. Vous ne saurez même pas que je suis là, promis.

Pourquoi pensait-il qu'il était impossible de ne pas remarquer la présence de cette femme ?

Il valait mieux ne pas y penser pour le moment. Il avait du travail à faire.

CHAPITRE HUIT

urora avait passé une première semaine chaotique à travailler dans la boulangerie. Elle était recouverte d'une fine couche de farine, les joues rouges par la chaleur des fours. Tandis qu'elle essuyait une mèche de cheveux égarée de son front avec le revers de la main, elle leva les yeux et vit Karen, debout dans l'embrasure de la porte, une tasse de café fumant dans chaque main.

— J'ai pensé qu'un petit coup de caféine ne te ferait pas de mal, dit Karen avec un sourire chaleureux, les yeux brillants.

— Merci Karen ! s'exclama Aurora avec un large sourire, acceptant l'une des tasses avec reconnaissance. Tu es vraiment une bouée de sauvetage.

— Ah, ce n'est rien, répondit Karen avec modestie, en sirotant son café. D'ailleurs, j'ai toujours cru que de bons voisins se serrent les coudes.

Tout en savourant leur café, les deux femmes bavardèrent joyeusement de tout et de rien, de la météo au prochain festival du solstice d'été. Il ne fallut pas longtemps avant que la conversation ne se tourne vers leur passion commune : la pâtisserie.

— Mon oncle Jim m'a appris une recette incroyable de cookies aux pépites de chocolat quand j'étais petite, raconta Aurora à Karen, les yeux brillants à ce souvenir. Il en faisait à chacune de nos visites, et je te jure que c'étaient les meilleurs cookies que j'aie jamais mangés.

— Ah oui ? s'enquit Karen, intriguée. Quel était son secret ?

— Le beurre noisette, répondit Aurora d'une voix basse, comme si elle partageait un précieux secret. Ça apporte une saveur riche et noisettée à la pâte qui est tout simplement divine.

— Ouah, s'émerveilla Karen. Il faudra que j'essaye ça un jour.

— Certainement, approuva Aurora avec enthousiasme. Et j'aimerais en apprendre davantage sur ton processus de torréfaction du café aussi. Je n'ai jamais vu de grains comme ceux que tu utilises dans ton café.

— D'accord, dit Karen en souriant, entrechoquant sa tasse contre celle d'Aurora dans un toast enjoué. Échangeons nos secrets et conquérons Love Springs, une papille gustative à la fois.

Aurora éclata de rire, ressentant une chaleur dans sa poitrine qui n'avait rien à voir avec la boisson chaude dans sa main.

En Karen, elle avait trouvé non seulement une amie bienveillante, mais aussi une âme sœur qui comprenait la joie et la satisfaction de créer de délicieuses gourmandises à partir d'ingrédients simples.

— En parlant de conquérir les papilles gustatives, dit Aurora, son regard se promenant sur les plateaux de pâtisseries fraîchement sorties du four qui garnissaient le comptoir. As-tu déjà essayé d'utiliser de la lavande dans tes scones ? Cela apporte une délicieuse note florale qui se marie à la perfection avec une tasse de café corsé.

— Intéressant, fit Karen en haussant un sourcil avec intérêt. Je vais devoir essayer. Et puisqu'on parle d'essayer de nouvelles choses, que dirais-tu d'expérimenter avec des saveurs de saison pour la boulangerie ? Nous pourrions faire un remue-méninges ensemble.

— Ça me semble parfait ! s'exclama

Aurora, ravie. J'ai hâte de voir ce que nous allons imaginer.

Elle voulait faire de la boulangerie un succès, la reconstruire en quelque chose dont son oncle Jim serait fier, et l'enthousiasme de Karen ne faisait que raviver sa détermination.

Tandis qu'elles continuaient d'échanger idées, conseils et techniques, Aurora ne pouvait s'empêcher d'être reconnaissante pour l'amitié qui avait fleuri entre elles. Avec Karen à ses côtés, elle était plus que jamais certaine que l'ancienne boulangerie de son oncle Jim prospérerait et grandirait, et qu'elle trouverait un nouveau départ dans sa nouvelle demeure.

Si seulement elle pouvait arriver à percer la carapace du bûcheron grincheux qui l'aidait à rénover les lieux...

— Au fait, comment ça se passe avec Randall ? demanda Karen en jetant un regard autour de la boulangerie où les travaux de construction prendraient bientôt le relais.

— Bien ? répondit Aurora avec espoir. C'est juste, comment dire...

— Chaud, musclé et vraiment doué de ses mains ? proposa Karen avec un clin d'œil malicieux.

— Karen !

— Je me demande toujours comment tu as réussi à le convaincre de t'aider, dit son amie en souriant. Il doit voir quelque chose en toi.

CHAPITRE NEUF

*L*es premiers rayons du soleil filtraient à travers les fenêtres poussiéreuses de l'ancienne boulangerie, projetant une douce lueur sur le vieux parquet usé. Les mains calleuses de Randall travaillaient avec précision et expertise pendant qu'il martelait le plafond, envoyant des pluies de plâtre comme des confettis.

Aurora n'avait jamais vu quelqu'un travailler avec une telle intensité, son regard perçant ne s'égarant jamais de sa tâche. Pendant qu'elle était assise dans le bureau, passant des coups de fil et envoyant des courriels tout en s'occupant des papiers qu'elle devait remplir pour rouvrir la boulangerie, elle ne pouvait s'empêcher de jeter des regards en coin vers l'homme rugueux qui avait accepté à contrecœur de l'aider.

— Bonjour Randall, lança joyeusement Aurora, une tasse de café fumant dans une main et une assiette de pâtisseries fraîchement sorties du four dans l'autre. Je t'ai apporté ton café du matin et une petite douceur préparée par mes soins.

Randall grogna en guise de réponse, s'essuyant le front d'un revers de main. Il fit une pause dans son martelage pendant un instant, jetant un coup d'œil dissimulé aux friandises, avant d'hocher la tête brièvement dans sa direction.

— Merci, marmonna-t-il en prenant une gorgée de café et mordant dans une pâtisserie, pendant qu'Aurora rayonnait de fierté.

— Wow, c'est sacrément bon, admit-il

entre deux bouchées, des miettes parsemant sa barbe. Tu as un sacré talent, Aurora.

— Merci ! répondit-elle, rayonnante de ce compliment. Mais je n'aurais pas pu y arriver sans ton aide. Cet endroit commence à avoir l'air magnifique !

Pendant qu'il continuait à travailler, Aurora se sentait de plus en plus charmée par l'énigmatique Randall Woods. Malgré son caractère bourru, il y avait une certaine tendresse dans la façon dont il manipulait chaque morceau de bois, le ponçant et le teignant jusqu'à ce qu'il brille comme neuf. Elle sentait son cœur battre plus vite à chaque fois que leurs regards se croisaient, une étincelle s'allumant au plus profond de son âme qu'elle n'arrivait pas à expliquer.

— Hé, Aurora, l'appela Randall, la tirant de sa rêverie. Tu peux me passer ce pinceau, là-bas ?

— Bien sûr ! répondit-elle en se précipitant pour attraper le pinceau, mais glissant accidentellement sur un morceau de bois. Elle atterrit dans un cri, droit dans les bras musclés de Randall.

— Attention, la réprimanda-t-il doucement, son souffle chaud contre sa joue pendant qu'il l'aidait à retrouver son équilibre. On ne veut pas d'accident ici.

— Désolée, marmonna Aurora, les joues rougies d'embarras. Je ferai plus attention la prochaine fois, promis.

— J'espère bien, grommela Randall en la relâchant de son étreinte et en se remettant au travail avec une détermination renouvelée.

Quand elle se dépêcha de retourner à son bureau pour tenir sa promesse et rester hors de son chemin, elle crut l'avoir aperçu la regarder du coin de l'œil.

— Je finirai par te dérider, Monsieur Bûcheron Grincheux, marmonna-t-elle dans un souffle amusé.

CHAPITRE DIX

Aurora se tenait au centre de la boulangerie de son oncle. Une légère odeur de cannelle et de vanille flottait encore dans l'air. L'endroit avait besoin de bien plus qu'une simple couche de peinture fraîche ; il fallait le rénover complètement. Mais elle était déterminée à en faire un succès – un hommage à l'homme qui avait été comme un père pour elle.

— Très bien, oncle Jim, murmura-t-elle en fermant brièvement les yeux. Je ne te décevrai pas.

Elle s'affaira à ranger les étagères poussiéreuses, essayant de ne pas s'inquiéter de la promesse de Randall de l'aider dans les rénovations. C'était un homme à tout faire habile, le meilleur de la ville, mais son air bourru la mettait parfois mal à l'aise. Pouvait-elle vraiment lui faire confiance ?

— Hé, Aurora ! tonna une voix depuis l'entrée, la faisant sursauter. Elle se retourna pour voir Randall, prêt à travailler, une ceinture à outils autour de la taille et un presse-papiers à la main. J'ai quelques idées pour l'endroit.

— Randall ! Elle ne put s'empêcher de sourire à sa vue. Tu es venu ! Je veux dire... bien sûr que tu es venu. Tu as dit que tu viendrais.

— M'as-tu douté ? demanda-t-il en haussant un sourcil. Son ton était taquin, mais elle pouvait déceler une vulnérabilité sous-jacente.

— Non, répondit-elle rapidement,

reconnaissante que ses paroles ne trahissent pas ses pensées. Alors, euh, qu'as-tu en tête ?

— Tout d'abord, nous devons régler l'éclairage ici, dit-il en pointant les ampoules ternes au-dessus. On ne peut pas avoir des clients qui trébuchent parce qu'ils ne voient rien.

— Bien sûr, approuva-t-elle en étouffant un rire. Son ton sérieux ne faisait que rendre la situation plus amusante.

— Ensuite, nous devrons nous occuper des vitrines, elles sont un peu démodées. Il tapota son crayon contre son presse-papiers, plongé dans ses pensées. Et nous pourrons ensuite passer aux sols... et aux murs...

— Wow, tu as vraiment pensé à tout, s'émerveilla-t-elle en le regardant commencer son travail.

Malgré son extérieur bourru, il était clair qu'il se souciait autant qu'elle de la réussite de sa boulangerie.

— Je ne peux pas m'en empêcher, haussa-t-il les épaules, un petit sourire aux coins de la bouche. C'est ce que je fais.

— Merci beaucoup, Randall, dit-elle doucement en posant la main sur son bras. Ton expertise compte plus pour moi que tu ne le crois.

— Ne soyons pas trop émotionnels maintenant, grogna-t-il, une chaleur cachée dans ses yeux. Nous avons beaucoup de travail aujourd'hui.

— C'est vrai, approuva-t-elle en souriant. Mais je ne peux imaginer personne de mieux que toi pour le faire.

— Es-tu toujours aussi gnangnan ? demanda-t-il en riant tandis qu'il commençait à dégager les débris.

— Seulement quand je veux m'assurer que tu sais que je suis reconnaissante, répondit-elle avec un clin d'œil.

— Très bien alors, dit-il avec un sourire en coin. Rendons ton oncle fier.

Randall était rugueux sur les bords, ce qui demandait un certain temps d'adaptation, mais Aurora essayait de ne pas s'en formaliser. Elle savait que s'ils voulaient réussir, ce serait grâce au travail d'équipe et à la confiance – les deux choses qui avaient manqué à Randall Woods depuis trop longtemps.

CHAPITRE ONZE

Aurora était assise sur un tabouret en bois dans le coin de l'ancienne boulangerie de son oncle, une tasse de café fumant entre les mains. L'odeur de sciure et de peinture fraîche emplissait l'air, se mêlant à l'arôme fané de cannelle et de sucre qui s'accrochait encore aux murs. Elle jeta un coup d'œil à Randall, qui mesurait avec soin une longueur de bois pour l'une des nouvelles étagères d'exposition.

— Je peux t'aider avec quoi que ce soit

? demanda-t-elle, incapable de dissimuler l'enthousiasme dans sa voix.

Elle voulait participer au processus de rénovation, mais elle savait que Randall avait sa propre façon de faire les choses.

— Peut-être plus tard, répondit-il brusquement, sans même lever les yeux de son travail. J'ai besoin de me concentrer pour l'instant.

Aurora soupira et but une gorgée de son café, réfléchissant à sa décision de faire confiance à Randall pour quelque chose d'aussi important que les rénovations de la boulangerie. Il était vrai qu'il possédait une quantité incroyable de compétences en matière de construction et de design, mais son besoin de solitude et de silence la faisait se demander si compter sur lui était vraiment la meilleure option.

— Randall, commença-t-elle d'une voix hésitante, je sais que tu es doué dans ce que tu fais, mais... je ne peux pas m'empêcher de m'inquiéter de ma dépendance envers toi. Et si tu décidais d'arrêter de m'aider du jour au lendemain ?

Son regard croisa le sien, et il y avait en lui une détermination farouche qui la prit au dépourvu.

— Je ne vais nulle part, Aurora, promit-il. Pas avant que cet endroit ne soit exactement comme tu le veux.

— Vraiment ? demanda-t-elle, cherchant sur son visage le moindre signe de tromperie.

— Vraiment, confirma-t-il d'un signe de tête. Mais je t'ai dit que j'avais mes conditions.

— Des conditions ? répéta-t-elle en haussant un sourcil. Randall avait d'autres conditions maintenant ?

— Premièrement, je travaille seul, déclara-t-il fermement. J'apprécie ton enthousiasme, mais je n'ai besoin de personne pour me mettre des bâtons dans les roues ou gâcher mes plans.

— D'accord, oui, je me souviens de

celle-là, reconnut-elle à contrecœur, se mordant la lèvre. Et ensuite ?

— Deuxièmement, j'ai besoin de mon intimité, poursuivit-il, son regard ne vacillant pas. Je vais t'aider avec la boulangerie, mais ma vie en dehors de cet endroit est interdite d'accès.

— C'est juste, concéda-t-elle, déçue qu'il la tienne encore à distance. Autre chose ?

— Enfin, dit-il, marquant une pause pour choisir ses mots avec soin, tu dois me faire confiance. Entièrement. Si nous faisons ça ensemble, il ne doit y avoir aucune place pour le doute.

Aurora hésita un bref instant avant de lui tendre la main.

— Marché conclu, accepta-t-elle, essayant d'ignorer les papillons dans son ventre tandis que ses doigts rugueux se refermaient sur les siens.

— Bien, dit-il en relâchant sa main et en se remettant au travail. Maintenant, parlons de ce que tu veux faire d'autre avec cet endroit.

— Enfin ! s'exclama-t-elle en souriant, tout en déroulant avec empressement les plans qu'elle avait dessinés pour la nouvelle disposition de la boulangerie.

Tandis qu'ils discutaient des détails de la rénovation de sa chère boulangerie, Aurora ne pouvait s'empêcher de ressentir un regain d'excitation et d'espoir. Et malgré ses doutes persistants quant à la fiabilité de Randall, elle se surprit à lui faire de plus en plus confiance.

CHAPITRE DOUZE

urora se recula, les mains sur les hanches, pendant qu'elle examinait l'intérieur de la boulangerie.

— Bon, grogna Randall en caressant sa barbe tout en examinant le papier peint défraîchi. Je pense qu'aujourd'hui, on devrait se concentrer à l'arracher et le remplacer par quelque chose de plus frais.

— Absolument pas ! s'exclama Aurora, consternée. Ce papier peint fait partie du charme de la boulangerie ! On peut juste le nettoyer un peu.

— Du charme ? leva un sourcil Randall

en croisant les bras sur sa large poitrine. Pour moi, ça ressemble plutôt à de la négligence.

Aurora soupira, sa détermination se ravivant. — Très bien, tu as gagné pour le papier peint. Mais c'est moi qui choisirai le nouveau design.

— Ça marche, accepta Randall avec un petit sourire narquois. Il ne pouvait nier qu'il appréciait leurs joutes verbales, même s'il ne l'avouerait jamais à voix haute.

Alors qu'ils continuaient à travailler ensemble, des défis inattendus ne cessaient d'apparaître. Une fuite par-ci, une poutre rongée par les termites par-là ; il semblait que chaque fois qu'ils réglaient un problème, un autre surgissait.

— Randall, viens vite ! appela Aurora depuis l'arrière-salle où elle avait découvert une petite mais persistante tache d'eau au plafond.

— Et merde, marmonna-t-il entre ses dents en inspectant les dégâts. Il va aussi falloir que je répare le toit. Cet endroit tombe en ruine.

— Merci de souligner l'évidence, rétorqua Aurora en levant les yeux au ciel. Malgré sa frustration, elle ne pouvait s'empêcher d'être reconnaissante pour l'expertise de Randall. Sans lui, elle aurait été complètement perdue.

— Ouais, Mademoiselle Je-sais-tout, la taquina Randall pour détendre l'atmosphère. Remettons-nous au travail.

— Ouais, c'est ça, répliqua-t-elle avec une fausse exaspération, incapable de réprimer un sourire.

Aurora et Randall continuaient de se disputer sur divers aspects de la rénovation. Mais chaque désaccord engendrait un compromis, et lentement, la boulangerie commençait à se transformer. À la fin de la journée, le vieux papier peint déchiré avait été remplacé par un magnifique motif floral choisi par Aurora.

— Ouah, dit Aurora en admirant la

boulangerie fraîchement décorée avec fierté. Nous avons fait ça ensemble.

— On dirait bien, approuva Randall, ses yeux reflétant un bonheur qu'elle n'avait jamais vu auparavant. Mais nous n'avons pas fini. Il reste encore beaucoup à faire.

— J'attends de voir ça, le défia Aurora d'un ton enjoué, revigorée par leurs progrès et la camaraderie grandissante entre eux.

Elle savait qu'il y aurait d'autres problèmes à surmonter, mais avec Randall à ses côtés, elle se sentait prête à affronter tous les défis à venir.

CHAPITRE TREIZE

Aurora resta en retrait, observant Randall installer avec expertise les plans de travail en bois sur mesure qu'ils avaient choisis ensemble. La boulangerie avait parcouru un long chemin depuis que Randall avait commencé à y travailler, tout comme leur relation. Tandis qu'il s'affairait sur les moindres détails, elle était émerveillée par son engagement pour la perfection.

— Tu ne penses pas qu'on devrait ajouter des étagères derrière le comptoir ? demanda Aurora, rompant le silence.

— C'est déjà prévu, répondit Randall sans lever les yeux.

— Ah oui ? Elle haussa un sourcil. Alors, Monsieur Je-sais-tout, que suggères-tu d'y mettre sur ces étagères ?

— Peut-être... tes délicieuses pâtisseries ? Juste une idée, la taquina-t-il avec un sourire en coin.

— Très drôle, rit Aurora en secouant la tête. Elle ne pouvait s'empêcher d'apprécier la façon dont l'esprit de Randall fonctionnait, anticipant ses besoins avant même qu'elle ne les exprime.

— Hé, je suis juste là pour aider, répondit-il avec un clin d'œil malicieux.

Au fil des jours qui se transformaient en semaines, Aurora se surprit à compter de plus en plus sur l'expertise de Randall. Elle était reconnaissante pour ses conseils, même lorsque cela signifiait admettre que ses idées initiales n'étaient peut-être pas les meilleures. Et tandis qu'ils continuaient à travailler côte à côte, elle remarqua que Randall semblait également s'ouvrir davantage à elle.

— Bon, la dernière tuile est posée... maintenant ! déclara Randall triomphalement, en appuyant sur la dernière pièce du dosseret mural.

— Wow, Randall, c'est magnifique ! s'extasia Aurora en admirant son travail. Je n'arrive pas à croire qu'on ait enfin terminé.

— Moi non plus, admit-il en s'essuyant le front. Mais on forme une sacrée bonne équipe, n'est-ce pas ?

— C'est vrai, rayonna Aurora, ressentant de la fierté et de l'affection pour l'homme qui était devenu non seulement son collaborateur, mais aussi quelque chose de plus dans ce processus. On l'a fait ensemble.

— On dirait bien, approuva Randall, son sourire illuminant son regard. Alors, que dirais-tu de fêter ça ?

— Tu suggères qu'on sorte le champagne ? demanda-t-elle, les yeux pétillants de malice.

— En fait, je pensais plutôt que tu pourrais nous préparer quelque chose pour célébrer, la taquina-t-il en s'appuyant contre le comptoir fraîchement installé.

— Ah, c'était donc ça ton véritable motif ! rit Aurora en lui donnant une tape sur le bras. D'accord, marché conclu. Mais seulement parce que tu l'as mérité, Monsieur Bûcheron.

— Ça me va, rit-il, observant avec admiration Aurora sortir les ingrédients des étagères qu'ils avaient installées ensemble.

Randall avait été réticent à la laisser l'aider, mais c'était définitivement un travail pour deux personnes, et Aurora avait suivi ses instructions à la lettre.

— À notre dur labeur, déclara Aurora en coupant dans le gâteau qu'elle venait de sortir du four. Et à nous.

— Santé ! approuva Randall avant de

croquer dans la part de gâteau chaud qu'elle lui offrait.

Il avait été réticent à l'aider lorsqu'elle était d'abord venue lui demander, mais peut-être qu'ils pourraient vraiment y arriver finalement.

CHAPITRE QUATORZE

— Ok, une question sérieuse, annonça Karen un matin, tout en remuant son café alors qu'elle était assise à la boulangerie avec Aurora, profitant d'un rare moment de tranquillité avant le début des travaux de rénovation. Si tu pouvais voyager n'importe où dans le monde, où irais-tu ?

Aurora tapota pensivement son menton, les yeux brillants d'envie de voyager. — Hmm, j'ai toujours rêvé de voir les cerisiers en fleurs au Japon. Et toi ?

— Paris, soupira rêveusement Karen. Imagine-toi assise dans un petit café, sirotant du vin et mangeant autant de croissants que tu le peux.

— Ooh, ça a l'air merveilleux, approuva Aurora, le cœur gonflé d'affection pour son amie.

Leurs conversations étaient devenues de plus en plus personnelles au fil du temps, passant des discussions sur les techniques de boulangerie à partager leurs rêves et désirs les plus intimes.

— À ton tour, dit Karen en se calant au dossier de sa chaise en bois et en prenant une gorgée de café. Pose-moi n'importe quelle question.

— Très bien, dit Aurora avec un sourire espiègle. Qu'est-ce qui te fait le plus peur ?

— Les araignées, frissonna Karen d'un air théâtral, faisant rire Aurora. Je ne plaisante pas, ces petites pattes répugnantes... Beurk ! Tu m'as fait y penser maintenant !

— D'accord, d'accord, plus un mot sur les araignées, concéda Aurora en riant toujours. Et si c'était : quel serait ton travail de rêve, en dehors de diriger le café ?

— C'est simple, répondit Karen, les yeux brillants. Je serais danseuse professionnelle. J'adore danser depuis que je suis petite, mais la vie m'a menée dans une autre direction. Et toi ? Admettons que tu n'aies jamais hérité de cette boulangerie, que ferais-tu à la place ?

— Peut-être que j'essaierais d'écrire des romans, répondit Aurora, le regard lointain tandis qu'elle imaginait une vie alternative. J'ai toujours adoré me perdre dans les histoires et créer de nouveaux mondes.

— Wow, je ne savais pas ça de toi, dit Karen, véritablement impressionnée. Je serai ta première lectrice si tu décides d'en écrire un !

— C'est noté, sourit chaleureusement Aurora.

— Encore une question..., dit Karen avec un sourire malicieux. Où en sont les choses avec Randall ? Est-ce le bûcheron musclé de tes rêves ou prétends-tu toujours que ce n'est que du professionnel entre vous deux ?

— Karen ! protesta Aurora en riant. Je ne répondrai pas à cette question, *voyons*.

— C'est tout ce que j'ai besoin de savoir, mon amie, répliqua Karen, une lueur malicieuse dans les yeux.

Tandis qu'elles conversaient, les premiers rayons du soleil matinal filtraient à travers les fenêtres de la boulangerie, baignant l'intérieur un peu défraîchi dans une chaude lumière dorée. Le parfum de sa plus récente recette, fraîchement sortie du four, embaumait l'air, se mêlant à l'arôme terrien du café de Karen. Aurora ne pouvait s'empêcher d'être émerveillée par la vie qu'elle s'était construite à Love Springs jusqu'à présent.

— Merci, Karen, dit soudain Aurora

d'une voix chargée d'émotion. D'être là, de me soutenir et de croire en ce rêve fou.

— Mais c'est tout naturel, répondit Karen en se penchant pour presser le bras d'Aurora. C'est ça, l'amitié, non ? Et puis, j'ai su dès que je t'ai rencontrée que tu étais quelqu'un de spécial.

Des larmes perlèrent aux yeux d'Aurora, submergée par la gratitude et l'amour pour la vie qu'elle avait trouvée à Love Springs. Alors qu'elle regardait autour d'elle dans la boulangerie, elle y voyait non seulement les fruits de son labeur, mais aussi la promesse de jours encore plus radieux à venir. Quels que soient les défis que l'avenir lui réserverait, elle savait qu'elle pourrait les affronter de front.

CHAPITRE QUINZE

— Allons-y, commençons, déclara Aurora en applaudissant avec enthousiasme.

Randall Woods, l'homme barbu et robuste aux yeux bleus perçants, s'appuyait contre le comptoir de la boulangerie, les bras croisés sur son torse musclé. Malgré son air renfrogné, Randall ne pouvait nier l'attrait qu'exerçait sur lui l'excitation d'Aurora.

— Pour commencer, entama Randall en se décollant du comptoir et en s'approchant d'Aurora, je veux vous parler de mon approche en matière de travail du bois.

Aurora lui accorda toute son attention, piquée par la passion qu'elle voyait briller dans ses yeux. — Je vous écoute.

Randall se gratta la nuque, sa voix douce mais ferme tandis qu'il parlait. — Voyez-vous, je crois en l'utilisation de méthodes durables dans mon travail. Il est important de préserver l'environnement, même par de petits gestes.

Tandis qu'il parlait, ses mains s'agitaient avec emphase, soulignant ses convictions.

— Comme quoi ? demanda Aurora, intriguée par le côté inattendu de son bûcheron grincheux.

— Eh bien, pour commencer, j'utilise du bois récupéré chaque fois que c'est possible. Tu serais surprise de voir à quel point cela peut apporter de l'unicité à un projet, expliqua Randall, les coins de ses lèvres se relevant légèrement. De plus, c'est meilleur pour l'environnement - si nous pouvons donner une nouvelle vie aux vieux matériaux, alors nous faisons notre part pour réduire les déchets.

Les yeux d'Aurora s'écarquillèrent tandis qu'elle prenait conscience de l'enthousiasme de Randall pour le travail du bois, ses doigts se crispant sur le rebord du vieux comptoir pendant qu'elle se penchait en avant. Elle s'était attendue au buck ronchon habituel aujourd'hui, pas à quelqu'un qui pouvait parler de matériaux durables avec une telle ferveur.

— Outre le bois récupéré, poursuivit Randall, ses yeux bleus brillant d'une passion ardente, il existe d'autres options écologiques comme le bambou, qui pousse beaucoup plus vite que les bois durs traditionnels et peut être récolté de manière plus durable.

— Intéressant, dit Aurora, ses yeux se plissant d'un air songeur. D'ailleurs, qu'en est-il de l'isolation et des appareils électroménagers éconergétiques ?

— Excellentes questions, répondit

Randall avec un sourire, visiblement impressionné par son engagement dans la conversation. Pour l'isolation, nous pourrions utiliser du jean recyclé ou de la cellulose. C'est fabriqué à partir de journaux recyclés et c'est à la fois écologique et efficace pour garder la boulangerie au chaud pendant l'hiver.

— Ouah, je n'y aurais jamais pensé, admit Aurora, ses lèvres se courbant en un sourire tandis qu'elle repoussait une mèche de ses cheveux bruns foncés derrière son oreille.

— Des appareils éconergétiques sont également indispensables. Ils réduiront votre consommation d'énergie et vous feront économiser de l'argent à long terme, ajouta Randall, les mains sur les hanches pendant qu'il examinait la boulangerie d'un œil critique.

— Ça me semble être une solution gagnant-gagnant, approuva Aurora en hochant la tête.

— Enfin, nous pourrions installer des

panneaux solaires à l'extérieur ou même une petite éolienne s'il y a suffisamment d'espace. De cette façon, vous produirez une partie de votre propre électricité et réduirez votre empreinte carbone, suggéra Randall, son regard croisant le sien avec une intensité qui fit manquer un battement à son cœur.

— Randall, j'adore toutes tes idées. Merci pour cela, dit Aurora avec sincérité, les yeux brillants de gratitude.

— Bien sûr. Randall haussa les épaules, tentant de paraitre décontracté même s'il se délectait de la chaleur de son appréciation. Ce n'est que faire la bonne chose pour l'environnement, tu comprends ?

— Absolument, sourit Aurora, le cœur gonflé d'un respect et d'une admiration nouveaux pour ce rude bûcheron qui avait bien plus à offrir qu'elle ne l'avait d'abord réalisé. Faisons de cette boulangerie un exemple brillant de ce que nous pouvons accomplir quand nous travaillons ensemble pour un avenir meilleur.

— Ça marche, approuva Randall, son sourire illuminant son regard alors qu'ils se serraient la main, scellant leur partenariat et leur engagement commun en faveur du développement durable.

Et peut-être, avec le temps, quelque chose de plus ?

Tandis qu'ils continuaient à travailler ensemble sur les rénovations de la boulangerie, Aurora se sentait tomber de plus en plus sous le charme de Randall. Sous son apparence bourrue se cachait un homme attentionné et passionné qui se souciait profondément de l'environnement – et peut-être, si elle avait de la chance, il se souciait aussi d'elle. Ils étaient deux opposés, attirés l'un vers l'autre par des objectifs partagés et une attirance grandissante qu'aucun des deux ne pouvait nier.

CHAPITRE SEIZE

— *A*llons, laisse-moi te montrer quelques techniques de travail du bois que j'ai apprises au fil des ans, dit Randall en emmenant Aurora vers l'établi qu'il avait installé dans un coin de la boulangerie.

Aurora observa avec une attention fascinée tandis que Randall étalait une variété d'outils devant lui. C'était la première fois qu'il l'autorisait à pénétrer dans son sanctuaire comme ça, et elle n'allait pas gâcher cette opportunité.

Randall choisit un ciseau et un maillet en bois, expliquant que ces outils étaient essentiels pour créer des détails complexes sur les surfaces en bois.

— Il faut d'abord que ton ciseau reste bien aiguisé, dit-il en démontrant comment utiliser une pierre à aiguiser pour affûter le tranchant.

Ses mains se mouvaient avec une aisance accomplie, et Aurora ne pouvait s'empêcher d'admirer la façon dont ses muscles se dessinaient sous les manches retroussées de sa chemise à carreaux.

— Wouah, tu fais ça avec tellement de facilité, s'extasia-t-elle, les yeux écarquillés de fascination. Je n'avais jamais réalisé que cela demandait autant de technique.

Randall lui adressa un large sourire, visiblement ravi de ses éloges.

— Il y a beaucoup plus que simplement taper sur le bois, lui dit-il, ses yeux bleus pétillant de malice. Laisse-moi maintenant te montrer comment sculpter un motif simple.

Il tendit à Aurora un morceau de bois de récupération et guida sa main à travers les mouvements de la sculpture d'un simple motif de feuille. Son toucher était doux mais ferme, et malgré leurs différences, Aurora se sentait de plus en plus attirée par cet homme fort et sensible qui semblait détenir les secrets de la forêt dans son âme.

— Incroyable, murmura-t-elle en contemplant la feuille achevée avec émerveillement. Vous êtes tellement talentueux, Randall. Je comprends pourquoi vous aimez tant le travail du bois.

— Merci, Aurora. La voix de Randall était chaude et profonde, lui envoyant des frissons dans le dos. Mais ce n'est pas seulement une question de talent. C'est aussi une façon de se connecter avec la nature et de préserver sa beauté pour les générations futures.

Alors qu'ils continuaient à travailler côte à côte, ne serait-ce que temporairement, l'air entre eux crépitait de passion et de désir inavoué. Après, Randall se remit à se concentrer sur la tâche à accomplir, terminant le travail qu'il avait commencé la semaine dernière.

Une autre journée touchait à sa fin et le soleil descendait bas dans le ciel, projetant une lueur dorée à travers les fenêtres de la boulangerie, comme s'il mettait en évidence la passion qui semblait éclore rapidement entre eux. Était-ce seulement elle ou le ressentait-il aussi ?

— Randall, chuchota Aurora, le cœur battant. Je n'aurais jamais pensé dire ça un jour, mais... Je suis vraiment heureuse que vous soyez entré dans ma vie. Vous m'ouvrez les yeux sur tellement de possibilités.

— Moi aussi, Aurora. Son regard se verrouilla sur le sien, rempli d'intensité et de désir. Il y a encore tellement de choses que je veux te montrer. Mais finissons pour aujourd'hui.

Alors qu'il rangeait ses outils et se préparait à quitter la boulangerie, Aurora ne pouvait s'empêcher de se demander ce que l'avenir lui réservait, à elle et à Randall.

CHAPITRE DIX-SEPT

Le week-end suivant, Aurora et Randall sont retournés à la boulangerie, prêts à attaquer la prochaine phase des rénovations. Ils se tenaient devant un grand tas de bois de récupération que le bûcheron avait apporté, vieilli et chargé d'histoire.

— Aujourd'hui, nous allons utiliser ce bois de récupération pour les nouveaux comptoirs, expliqua Randall d'une voix grave et apaisante.

Aurora ne put s'empêcher de remarquer la façon dont ses muscles se contractaient sous sa chemise à carreaux alors qu'il soulevait une lourde planche avec aisance.

— Wow, c'est magnifique, dit Aurora en passant ses doigts sur le bois. D'où vient-il ?

— Une vieille grange à proximité était en cours de démolition, répondit Randall. J'ai parlé au propriétaire et j'ai réussi à récupérer une partie du bois. Il est important de réutiliser des matériaux comme ceux-ci quand on le peut. Non seulement cela les empêche d'aller dans les décharges, mais cela apporte également une qualité unique à notre projet.

Aurora hocha la tête, impressionnée par l'engagement de Randall en faveur du développement durable. Elle n'avait jamais vraiment réfléchi à ce genre de choses auparavant, mais voir la passion de Randall était contagieuse.

— Très bien, commençons, dit Randall en souriant.

Ensemble, ils mesurèrent les planches pour les adapter aux comptoirs. Randall l'écarta ensuite un moment pendant qu'il les coupait, les ponçait et les vernissait avec un vernis écologique.

Pendant qu'ils travaillaient, Aurora assise dans son bureau à proximité, Randall partagea des histoires sur les forêts qui entouraient Love Springs, décrivant l'équilibre délicat de l'écosystème et l'importance de le préserver. Aurora se trouva captivée par ses connaissances et son amour de la nature.

— Savais-tu qu'il existe des plantes qui peuvent aider à purifier l'air ? demanda Randall en s'arrêtant pour s'essuyer le front.

— Vraiment ? Comme quoi ? interrogea Aurora, sincèrement curieuse.

— Les plantes d'araignée, les langues de belle-mère et les lys de la paix en sont quelques exemples, expliqua-t-il. Nous pourrions en ajouter dans la décoration de la boulangerie pour améliorer la qualité de l'air et créer un environnement plus sain si tu veux ?

— Ça semble parfait, approuva Aurora, les yeux brillants. Je ne savais pas qu'il y avait tant de choses à apprendre sur la nature – c'est comme découvrir un tout nouveau monde.

— La nature a un moyen de nous enseigner des choses si seulement nous prenons le temps d'écouter, dit doucement Randall, ses yeux sombres reflétant la sincérité de ses paroles.

CHAPITRE DIX-HUIT

Les mains d'Aurora bougeaient avec un nouveau sens du but alors qu'elle appliquait méticuleusement le vernis écologique sur une étagère en bois récemment installée. Son regard se tourna vers Randall, qui sculptait délicatement un motif de feuille sur le rebord du comptoir de la boulangerie, tout comme il le lui avait montré auparavant. Elle ne pouvait s'empêcher d'admirer la précision de ses mouvements, et la passion qui semblait émaner de lui pendant qu'il travaillait.

— Dis Randall ? demanda Aurora d'une voix empreinte de curiosité. Comment as-tu appris tout ça sur l'environnement ? Je veux dire, ce n'est pas vraiment des connaissances communes.

Randall s'arrêta un moment, réfléchissant à sa question avant de répondre.

— Après le décès de mon père, j'ai passé beaucoup de temps seul dans les bois, essayant de donner un sens au monde. La nature est devenue mon refuge, mon professeur, dit-il en souriant avec nostalgie. Plus j'en apprenais, plus je réalisais à quel point il est important de préserver le monde que nous avons. Et je me suis donné pour mission de partager ces connaissances avec les autres quand je le pouvais.

Aurora sourit à la sincérité de ses paroles. L'homme bourru et renfermé qu'avait été Randall semblait désormais un lointain souvenir — remplacé par quelqu'un qui se souciait profondément du monde qui l'entourait. Son amour de la nature avait lentement fait tomber les murs qu'il avait érigés autour de lui, révélant sa vraie personnalité.

— Ouah, murmura-t-elle en le regardant avec une nouvelle admiration. C'est vraiment incroyable, Randall. Tu fais tellement de différence, non seulement pour l'environnement, mais aussi pour des gens comme moi qui ne savaient même pas qu'il y avait tant de choses à apprendre.

Randall leva les yeux de son travail, les coins de ses lèvres se soulevant dans un sourire sincère. — Merci. Ça signifie beaucoup d'entendre ces mots de ta bouche.

Alors qu'ils continuaient à travailler sur le projet de rénovation, leur conversation coulait sans effort, ponctuée de rires et d'aperçus partagés. La distance auparavant imposante entre eux semblait s'être complètement évanouie, laissant derrière elle une sensation de quelque chose de plus qu'elle ne parvenait pas encore à définir.

— Ok, j'ai une idée, annonça soudainement Aurora, les yeux pétillants d'inspiration. Et si on ajoutait des œuvres d'art à thème naturel sur les murs ? Je pense que ça pourrait vraiment rendre le message sur la durabilité.

— Ça sonne super ! approuva Randall avec enthousiasme. On pourrait même utiliser du bois récupéré pour les cadres, afin de rester dans notre thème.

— Parfait ! dit Aurora, visualisant déjà le produit fini.

À chaque week-end qui passait, leurs progrès sur la boulangerie devenaient de plus en plus visibles. L'espace autrefois terne avait été transformé en ce havre chaleureux et accueillant dont elle avait toujours rêvé.

CHAPITRE DIX-NEUF

Avec les rénovations de la boulangerie qui se passaient mieux qu'elle n'aurait jamais pu l'espérer et l'aide de Karen pour lui trouver plus de personnel pour équiper les lieux, Aurora avait hâte de se lancer dans la gestion quotidienne de sa nouvelle entreprise dès que possible. L'air vibrait d'excitation alors qu'elle et Karen entraient dans la boulangerie, discutant avec enthousiasme de leurs plans.

— D'abord, nous devons parler à

Madame Jenkins pour commander suffisamment de farine, dit Aurora en feuilletant son carnet.

— J'y vais !! répondit Karen, composant déjà le numéro sur son téléphone. Allô, Madame Jenkins ? Ici Karen du café De Doux Débuts. Oui, j'aimerais vérifier avec vous une commande de farine pour la boulangerie d'Aurora, s'il vous plaît. Combien pensez-vous pouvoir lui en procurer rapidement ?

Pendant que Karen poursuivait sa conversation, Aurora s'activait à préparer les ingrédients pour une nouvelle recette de cupcakes gourmets qu'elle mourait d'envie d'essayer. Elle avait hâte de voir les expressions ravies sur les visages de ses clients quand ils goûteraient ses nouvelles combinaisons de saveurs audacieuses. Elle avait aussi hâte de les partager avec Randall la prochaine fois qu'il viendrait l'aider.

— Ça y est, réglé, dit Karen en

raccrochant. Elle a dit qu'il lui faudrait une semaine de préavis mais qu'elle devrait pouvoir vous procurer autant de farine que vous voulez.

— Super ! s'exclama Aurora, les yeux pétillants. Maintenant, préparons cette pâte pour nos nouveaux cupcakes citron-framboises.

— Oh, ça a l'air délicieux ! dit Karen, retroussant ses manches avec enthousiasme pour rejoindre Aurora derrière le comptoir.

Tandis qu'elles mélangeaient et versaient, des rires et une conversation légère emplissaient la boulangerie. Leur amitié s'était renforcée chaque jour un peu plus, comme en témoignait leur nouvelle parfaite complicité.

— Voilà, ils sont prêts à être cuits ! déclara fièrement Aurora en glissant les plateaux de cupcakes dans le four étincelant.

— Parfait timing ! dit Karen en

consultant rapidement son téléphone. Le camion avec votre nouvelle vitrine devrait arriver d'une minute à l'autre.

— J'espère que tout se passera bien pour l'ouverture officielle, murmura Aurora en croisant les doigts pour avoir de la chance.

Au moment où les livreurs finissaient d'installer la nouvelle vitrine, un grand fracas retentit à l'arrière de la boulangerie. Le cœur d'Aurora fit un bond dans sa poitrine quand elle réalisa que le bruit provenait du four. Même s'il était ancien, elle avait espéré qu'il tiendrait plus longtemps grâce à l'entretien méticuleux de son oncle Jim. Malgré les efforts de Randall pour la convaincre qu'il avait besoin d'être remplacé, elle ne pouvait se résoudre à s'en séparer tout de suite, et des souvenirs qu'il représentait.

— Karen, je crois qu'il y a un problème ! cria-t-elle en se précipitant pour aller voir.

— Est-ce qu'on peut le réparer ?

demanda Karen en la rejoignant devant le four.

— Découvrons-le, répondit Aurora, attrapant une clé à molette sur la table de travail de Randall, cachée dans le coin, et se mettant à l'œuvre. Elle ne pouvait pas laisser cet obstacle dérailler ses projets pour la réussite de la boulangerie. J'aidais parfois mon oncle Jim pour de petites réparations à la boulangerie quand j'étais jeune et il m'a montré quelques trucs pour les coups durs. Randall m'a aussi appris quelques petites choses.

— Vraiment ? demanda Karen, une étincelle dans les yeux et un sourire en coin.

— Karen ! s'exclama Aurora en riant. Ce n'est pas du tout ce que tu crois.

— Pas encore ? dit Karen malicieusement.

— Qui sait ? répondit Aurora, partageant un moment de complicité avec son amie.

— Voilà l'esprit, ma grande !

Au fil des heures, Aurora et Karen travaillèrent sans relâche pour réparer le four. Elles transpiraient à grosses gouttes mais refusaient d'abandonner. Enfin, après un dernier coup de clé pour remettre une pièce récalcitrante en place, le brûleur du four cliqua et se ralluma en ronronnant.

— Ouf, on l'a fait ! s'écria Aurora en donnant une tape victorieuse dans la main de Karen. Maintenant, mettons ces cupcakes au four avant de perdre plus de temps.

— Absolument ! acquiesça Karen, son enthousiasme intact malgré le contretemps. Après ça, on pourra s'attaquer au nouveau compte de médias sociaux pour la boulangerie dont on parlait.

— Ça me va, approuva Aurora, reconnaissante du soutien indéfectible de son amie.

— Et tu me raconteras aussi comment ça se passe avec ton beau bûcheron grincheux, la taquina Karen.

— Eh bien, puisque tu insistes... répondit Aurora avec un sourire mutin.

Un peu de bavardage entre amies ne faisait de mal à personne, n'est-ce pas ?

CHAPITRE VINGT

Le soleil du matin s'infiltrait à travers la fenêtre de la boulangerie, jetant une douce lumière sur les plans de travail recouverts de farine. Aurora se tenait derrière le comptoir, les cheveux ramassés en une haute queue de cheval, pétrissant habilement la pâte pour les pains frais de la journée. La boulangerie n'était pas encore ouverte officiellement, mais Karen avait accepté d'essayer de vendre son pain à la cafétéria qu'elle possédait. C'était définitivement le début dont elle avait besoin en ce moment.

Son sourire éclatant ne quittait jamais son visage tandis qu'elle fredonnait un air joyeux, sa détermination à faire de la boulangerie de son défunt oncle un succès évident dans chacun de ses mouvements précis.

— Hé, salut Randall, lança Aurora, remarquant le bûcheron grincheux qui passait timidement la tête dans la boulangerie. J'espérais que tu pourrais m'aider avec quelque chose avant de commencer à travailler aujourd'hui.

Randall, avec sa barbe broussailleuse et son regard perçant, entra à contrecœur. Il croisa les bras sur sa poitrine, regardant Aurora avec méfiance. — Qu'est-ce que tu veux ?

Les mains d'Aurora continuaient à travailler la pâte tandis qu'elle parlait, les yeux ne quittant jamais ceux de Randall. — Eh bien, j'ai remarqué que les étagères ici sont un peu abîmées et je me suis dit qu'il serait bien que quelqu'un avec ton savoir-faire les rafraîchisse un peu.

Randall soupira, lui accordant un léger sourire.

— Bon, d'accord. Mais... reste bien loin de mon chemin, compris ? le taquina-t-il avec un clin d'œil.

— Entendu ! approuva Aurora.

Aussi souvent qu'il le lui disait, ils devenaient de plus en plus proches ces derniers temps. Il la laissait l'aider de plus en plus souvent, même si ce n'était toujours que pour de petites réparations ou de menus travaux.

Aurora lui adressa un de ses lumineux sourires avant de reporter son attention sur la pâte.

Tout au long de la journée, Aurora et Randall se retrouvèrent à passer de plus en plus de temps ensemble, travaillant sur diverses tâches dans la boulangerie. À la surprise d'Aurora, Randall s'avéra être d'une grande aide pour la pâtisserie aussi, même s'il insistait pour garder une certaine distance entre eux.

— Hé, Randall, tu penses pouvoir m'aider à porter ces sacs de farine ? demanda Aurora en luttant sous le poids des lourds sacs.

— Bien sûr, tout pour t'éviter de te blesser, grommela-t-il en attrapant quelques sacs qu'il chargea sur son épaule avec aisance.

Aurora ne pouvait s'empêcher d'admirer la force des bras musculeux de Randall.

— Merci ! dit-elle en gloussant à leur éternel jeu de boutades.

Tandis qu'ils travaillaient côte à côte, la curiosité d'Aurora grandissait au sujet de la vie de Randall, et elle ne pouvait s'empêcher de se demander ce qui l'avait rendu si renfermé. Elle savait qu'il avait mentionné que son passé était tabou quand il avait commencé à l'aider, mais ils avaient parcouru un si long chemin ensemble, n'est-ce pas ?

— Randall ? demanda-t-elle tandis qu'ils faisaient une courte pause ensemble cet après-midi-là, sirotant des tasses de café chaud apportées par Karen quelques minutes auparavant. Je peux te poser une question ?

— Ça dépend de la question, répondit-il en buvant une gorgée prudente de sa tasse.

— As-tu vécu toute ta vie à Love Springs ? demanda Aurora, les yeux grands ouverts et remplis d'un intérêt sincère.

Randall marqua une pause, pesant sa réponse.

— Pour la majeure partie, ouais, admit-il d'une voix légèrement adoucie. Je suis parti quelques années après mes dix-huit ans, mais Love Springs a une façon de vous rattraper quand vous vous y attendez le moins. C'est définitivement chez moi.

— Ça doit être agréable, médita-t-elle en buvant une gorgée de son propre café.

J'ai toujours beaucoup déménagé. Mais cette ville... elle me semble être chez moi aussi.

— Love Springs vous fait cet effet-là, approuva Randall, un petit sourire flottant au coin de sa bouche.

CHAPITRE VINGT-ET-UN

— Randall, je sais que ce n'est pas ce que nous avions convenu au départ, mais accepterais-tu de me faire visiter les sources de Love Springs ? demanda Aurora un après-midi de week-end tandis qu'ils finissaient de nettoyer la boulangerie.

Elle ajusta nerveusement son tablier, incertaine de sa réaction.

Randall fronça les sourcils, plissant légèrement les yeux. — Pourquoi ? demanda-t-il brusquement.

— Parce que je suis nouvelle en ville et

j'aimerais mieux la connaître, lui confia-t-elle d'une voix ferme mais amicale. Et qui de mieux qu'un habitant de longue date pour me la faire découvrir ?

Il hésita, visiblement réticent à l'idée de lui rendre ce service. Mais après un moment, il laissa échapper un profond soupir et marmonna : — Très bien.

— Génial ! s'exclama Aurora en frappant des mains avec excitation. Par où devons-nous commencer ?

— Suis-moi, dit Randall en se dirigeant vers la porte.

Tandis qu'ils déambulaient dans les rues pittoresques de Love Springs, Randall resta pour la plupart silencieux, les mains enfoncées dans ses poches et le regard fixé droit devant lui. Aurora, bien décidée à ne pas se laisser décourager par son attitude réservée, bavardait avec enthousiasme au sujet des différents commerces et bâtiments qu'ils croisaient, les yeux pétillants de ravissement.

— Oh, c'est quoi cet endroit ?

demanda-t-elle en pointant du doigt une charmante petite librairie qu'elle n'avait pas encore remarquée, nichée entre une fleuriste et un restaurant local.

— On l'appelle "Entre Pages et Pétales de Rose", répondit Randall, une once de chaleur dans la voix. Ils vendent des livres et des compositions florales provenant de la boutique d'à côté. La propriétaire, Madame Evelyn, est une douce vieille dame qui la dirige depuis des décennies.

— Ça a l'air délicieux ! Nous devrions aller lui dire bonjour, s'enthousiasma Aurora, se dirigeant déjà vers l'entrée.

— Attends, Aurora... tenta de protester Randall, mais elle était déjà à l'intérieur, ne lui laissant d'autre choix que de la suivre.

— Bonjour, Madame Evelyn ! lança Aurora d'un ton enjoué à l'égard de la vieille dame derrière le comptoir, son sourire grand et chaleureux.

— Ah, vous devez être la jeune femme qui a repris l'ancienne boulangerie, devina

Madame Evelyn en souriant à Aurora. Bienvenue à Love Springs, ma chère.

— Oui, merci ! J'adore votre boutique, s'extasia Aurora en se tournant vers Randall avec un regard plein d'attente. N'est-ce pas, Randall ?

— Ouais, marmonna-t-il en se frottant maladroitement la nuque. C'est sympa.

— Randall a eu la gentillesse de proposer de me faire visiter la ville, expliqua Aurora, les yeux pétillants de malice.

— Ah bon ? demanda Madame Evelyn en haussant un sourcil entendu à l'adresse de Randall qui se tortilla, mal à l'aise sous son regard. Dans ce cas, tu es entre de bonnes mains, ma chérie.

— Merci, Madame Evelyn ! lança Aurora avec un signe de la main alors qu'ils quittaient la boutique.

Alors qu'ils poursuivaient leur visite, Randall sembla s'adoucir légèrement, indiquant divers lieux emblématiques et partageant des bribes de l'histoire de la ville. Il lui montra le vieux cinéma, un petit parc accueillant et l'emmena même jusqu'à la lisière des bois où se trouvait une cabane dans les arbres abandonnée, témoin de souvenirs d'enfance depuis longtemps révolus.

— Wow, cet endroit est vraiment incroyable, chuchota Aurora, les yeux écarquillés d'émerveillement tandis qu'ils se tenaient sous l'arbre majestueux, levant les yeux vers l'ancienne cabane.

— Love Springs a ses bons moments, admit Randall, laissant un petit sourire fleurir sur ses lèvres.

Durant un bref instant, Aurora eut un aperçu de l'homme qui se cachait derrière cette rude apparence — un homme qui se souciait profondément de sa ville natale, même s'il était réticent à l'admettre.

— Merci de m'avoir fait visiter, Randall, dit-elle doucement en plongeant son regard dans ses yeux bleus perçants. Je sais que nous ne serons pas toujours d'accord, mais j'aime passer du temps avec toi... Les rénovations de la boulangerie sont presque terminées, mais j'espère que ce ne sera pas la dernière fois que je te verrai.

Il détourna le regard, l'expression indéchiffrable, mais il y avait une once de vulnérabilité dans son silence. Ils restèrent un moment ainsi, la tension entre eux vibrant comme de l'électricité, avant que Randall ne hoche finalement la tête.

— Très bien, Aurora. Je peux sûrement passer de temps en temps. Il faut bien que quelqu'un vérifie que tu t'occupes correctement des réparations éventuelles, n'est-ce pas ?

— Ça me va, dit-elle avec un sourire plein d'espoir.

CHAPITRE VINGT-DEUX

— Regarde ça, s'exclama Aurora en pointant du doigt la rangée de charmantes maisonnettes pastel qui bordaient la rue principale. Chacune d'entre elles était ornée d'une clôture blanche à pieux et de parterres de fleurs débordants, donnant à Love Springs l'air de sortir tout droit d'un conte de fées. — N'est-ce pas magnifique ?

Randall avait accepté de lui faire visiter Love Springs après son travail aujourd'hui. Elle ne voulait pas trop espérer, mais, enfin...

Peut-être que cela allait mener à quelque chose de plus ?

Randall ne put s'empêcher de sourire en voyant son excitation enfantine. — Tu trouveras que pratiquement tout dans cette ville est digne d'une carte postale.

— Même les gens ? demanda-t-elle en arquant un sourcil malicieux.

— Surtout les gens, répondit-il, l'amusement perçant dans sa voix. — Et si je te présentais à quelques-uns d'entre eux ? Tu ne peux pas passer ton temps à importuner Madame Evelyn à la librairie.

Aurora leva les yeux au ciel face à cette accusation taquine et Randall lui fit un clin d'œil complice. Depuis qu'elle avait rencontré la femme qui tenait la librairie, elle lui apportait du pain fraîchement cuit tous les matins, juste pour dire bonjour.

Tandis qu'ils déambulaient sur le trottoir animé, une sensation de chaleur et d'amitié se dégageait de tous ceux qu'ils croisaient. Les commerçants les saluaient par leur nom, les voisins faisaient un signe de la main depuis leur porche, et même le facteur s'arrêtait pour échanger quelques mots en distribuant le courrier.

— Voici quelqu'un que tu devrais absolument rencontrer, dit Randall en guidant Aurora vers une petite maison pittoresque.

— Bonjour Randall ! Et qui est donc cette charmante jeune femme ? demanda la dame assise dans un rocking-chair sur le perron, les yeux pétillants derrière ses lunettes à monture métallique.

— Eleanor, je vous présente Aurora Sinclair, la nouvelle propriétaire de la boulangerie. Aurora, voici Eleanor Hayes – l'historienne officieuse de la ville et la meilleure personne à qui parler si vous voulez en apprendre davantage sur Love Springs.

— Ravie de vous rencontrer, Aurora ! rayonna Eleanor en tendant la main. — Et félicitations pour votre nouvelle aventure ! Je connaissais votre oncle Jim, autrefois. Je suis sûre que vous ferez des merveilles avec cette boulangerie.

— Merci Eleanor. C'est un plaisir de faire votre connaissance également, répondit chaleureusement Aurora en lui serrant la main. — Je suis vraiment enthousiasmée d'être ici et d'en apprendre davantage sur Love Springs.

— Alors vous êtes à la bonne adresse, l'assura Eleanor. — Maintenant, si vous avez un peu de temps à accorder à une vieille dame, permettez-moi de vous montrer quelques trésors que j'ai collectionnés au fil des années ?

Eleanor fit un clin d'œil complice, à l'amusement d'Aurora. Randall soupira, visiblement incapable de refuser la requête de la femme.

Alors qu'Eleanor les guidait à travers l'espace chaleureux et rempli de livres de son salon, Aurora ne pouvait s'empêcher de ressentir un sentiment de connexion avec les habitants de la ville qu'elle rencontrait. Ils étaient tous si chaleureux et sincèrement intéressés par son bien-être. Elle ne s'attendait pas à trouver une communauté aussi soudée à Love Springs, mais cela la rendait d'autant plus déterminée à faire de la boulangerie un succès - non seulement pour elle-même, mais aussi pour la ville qui devenait déjà sa maison.

— Hé, Randall, dit Aurora en quittant la maison d'Eleanor, une pile de livres d'histoire locale que la femme lui avait prêtés lovés dans ses bras. Je me demandais si tu pourrais me montrer certains des endroits importants pour toi dans la ville ? Tu sais, ceux qui ont des souvenirs spéciaux ou qui ont une signification particulière pour toi ?

Randall hésita un instant, pris au dépourvu par sa demande. Mais il y avait quelque chose dans ses yeux - une curiosité sincère, un désir de mieux le comprendre - qui le fit céder.

— D'accord, accepta-t-il, d'une voix à peine plus forte qu'un murmure. Mais seulement si tu promets de garder l'esprit ouvert.

— Je le promets, dit-elle, son sourire illuminant son visage comme un rayon de soleil perçant les nuages orageux d'une journée pluvieuse.

CHAPITRE VINGT-TROIS

$\mathcal{A}$urora frissonna lorsque l'air vif de l'automne mordilla ses joues, un contraste saisissant avec la chaleur du charme de la petite ville qu'elle venait de vivre. La présence de Randall à ses côtés était solide et rassurante, mais un mur invisible semblait encore les séparer. Il la guida vers un charmant parc niché le long de la rivière, les derniers rayons du soleil couchant jetant des motifs ondulés sur le sol à travers les branches qui se balançaient au-dessus.

— Ça doit être agréable de connaître

tout le monde et d'avoir un passé avec la ville, dit Aurora en marchant, espérant que ses mots l'encourageraient à en révéler davantage sur lui.

— Parfois, admit-il après un moment d'hésitation, la mâchoire serrée. D'autres fois, ça peut se sentir étouffant.

— Raconte-moi ? insista-t-elle doucement en essayant de croiser son regard. Je te promets que je ne jugerai pas et que je ne serai pas trop indiscrète.

— Très bien, soupira Randall, s'avouant vaincu. Il pointa du doigt un vieux banc en bois sous un grand chêne. — C'est là que j'avais l'habitude de m'asseoir avec ma mère quand j'étais enfant, pour regarder les bateaux passer. Un léger sourire se dessina au coin de ses lèvres, mais il disparut aussi vite qu'il était venu. — Elle est décédée il y a quelques années.

— Randall, je suis tellement désolée, murmura Aurora en posant une main réconfortante sur son bras. Ce contact provoqua une bouffée de chaleur dans sa poitrine, une connexion inattendue qui accéléra les battements de son cœur.

— Merci, marmonna-t-il en baissant les yeux sur sa main. Pendant un bref instant, il ne se dégagea pas, laissant cette proximité s'éterniser entre eux.

— À ton tour, dit-il au bout d'un moment en la regardant avec attente.

— Très bien, répondit-elle en prenant une profonde inspiration. Ma mère nous a quittés quand j'étais petite, et mon père n'était jamais là. Ce sont donc mes grands-parents qui m'ont élevée. C'est eux qui m'emmenaient ici pour rendre visite à mon oncle Jim. Ils étaient merveilleux, mais j'avais toujours l'impression qu'il me manquait quelque chose.

— Comme si tu cherchais un endroit où trouver ta place ? demanda doucement Randall, d'une voix à peine plus audible que le doux bruissement des feuilles.

— Exactement, chuchota-t-elle, le cœur plein d'amour..

— On dirait bien que nous sommes tous les deux des inadaptés, hein ? lança Randall en riant avec une pointe d'amertume.

— Il semblerait bien, approuva-t-elle. Peut-être que c'est pour ça qu'on va si bien ensemble.

— Allons-y, dit-il après quelques autres instants de silence paisible entre eux. Je vais te raccompagner chez toi.

CHAPITRE VINGT-QUATRE

Le rire d'Aurora résonna dans la boulangerie, se répercutant sur les murs alors qu'elle esquivait joyeusement la tentative de Randall de lui badigeonner le bout du nez avec de la crème au beurre. Le doux parfum des cupcakes et des biscuits fraîchement sortis du four embauma l'air, se mêlant à la douce lueur des nouvelles émotions qui avaient fleuri entre eux.

— D'accord, d'accord, trêve ! gloussa Aurora en levant les mains en signe de reddition.

Randall lui adressa un sourire espiègle, une lueur malicieuse brillant dans ses yeux tandis qu'il abaissait la spatule enrobée de glaçage.

— Bien, mais seulement parce que tu l'as demandé si gentiment, la taquina-t-il en s'essuyant les mains sur une serviette à proximité.

Aurora leva les yeux au ciel, incapable de réprimer le sourire qui étirait les coins de sa bouche.

— Merci de m'avoir aidée avec ces nouvelles recettes aujourd'hui, dit-elle avec sincérité en repoussant une mèche de cheveux derrière son oreille. Je n'aurais pas pu y arriver sans toi.

Elle n'était pas sûre de la réaction que son bûcheron grincheux aurait lorsqu'elle lui avait demandé son aide, mais à sa grande surprise, il avait accepté immédiatement.

— Hé, je suis simplement content d'avoir pu t'aider, dit Randall d'une voix radoucie en croisant son regard. Tu as un vrai talent pour ça, Aurora. Ton oncle serait fier de toi.

La mention de son défunt oncle Jim éveilla une pointe de tristesse dans le cœur d'Aurora, mais elle ne pouvait nier la fierté qu'elle ressentit en entendant les paroles de Randall. Elle n'était pas certaine qu'ils puissent un jour dépasser leurs premières disputes, mais leur passion commune pour la boulangerie et les souvenirs qu'elle renfermait avait servi de pont entre eux, reliant leurs cœurs d'une manière qu'aucun d'eux n'avait anticipée.

— Merci, Randall, murmura-t-elle d'une voix chargée d'émotion. Ça signifie plus pour moi que tu ne peux l'imaginer.

Les yeux de Randall s'adoucirent, et pendant un instant, Aurora crut apercevoir une lueur de vulnérabilité derrière la rude carapace qu'il arborait si souvent comme une armure. Tandis qu'ils se tenaient là, entourés des fruits de leur labeur, il semblait se passer quelque chose de plus entre eux. Elle continuait d'espérer et d'espérer, mais elle craignait que s'il lui avouait ses sentiments, il trouverait une raison de prendre la fuite.

— Bon, assez de cette sentimentalité, lança soudain Randall, rompant le moment émotionnel avec un sourire en coin. Nous avons encore du travail.

— C'est vrai, admit Aurora, l'esprit rempli d'espoir tandis qu'elle lui rendait son sourire. Mais je dois dire que je m'amuse bien. Qui aurait cru que faire de la pâtisserie avec un bûcheron grincheux pourrait être aussi amusant ?

— Hé, surveille ton langage ! feignit de s'offusquer Randall en brandissant la spatule comme une épée tandis qu'il s'avançait vers elle. Juste parce que je vis dans les bois ne veut pas dire que je ne suis pas drôle !

Aurora éclata de rire, sa voix se mêlant à celle de Randall tandis qu'ils se taquinaient mutuellement. Le soleil filtrait à travers les fenêtres de la boulangerie tandis qu'ils confectionnaient sa nouvelle recette, les baignant d'une douce lumière dorée.

CHAPITRE VINGT-CINQ

*L*a clochette au-dessus de la porte de la boulangerie tinta. Aurora leva les yeux par-dessus le comptoir, écarquillant les yeux de surprise en apercevant Randall qui entrait dans la boutique. Il avait tout d'un homme différent — sa barbe était taillée et ses cheveux étaient soigneusement coiffés, révélant les lignes fortes et ciselées de sa mâchoire. Elle ne put s'empêcher de ressentir un frémissement d'excitation à sa vue.

— Randall ! s'exclama-t-elle, le cœur

battant, des papillons dans l'estomac. Tu es très élégant ainsi.

Il eut un sourire en coin, se frottant la nuque d'un geste gêné.

— J'ai pensé qu'il était temps de changer, dit-il, son regard croisant le sien avec une once de vulnérabilité. Tu sais, les nouveaux départs et tout ça. Comme nous en avions parlé.

Aurora lui adressa un sourire chaleureux, touchée par son geste.

— Eh bien, je pense que c'est un excellent début, déclara-t-elle d'une voix empreinte d'une réelle admiration. Maintenant, mettons-nous au travail, voulez-vous ?

Tandis qu'ils entamaient leurs tâches pour la journée, elle à la pâtisserie, lui finissant les travaux de rénovation, Aurora ne put s'empêcher de remarquer à quel point ils travaillaient désormais en harmonie. C'en était fini des jours où Randall maugréait dans sa barbe à chaque petite chose, ou lorsqu'Aurora peinait à trouver les mots pour exprimer sa reconnaissance pour son aide. Au contraire, ils évoluaient en symbiose, leurs gestes se complétant comme s'ils avaient travaillé côte à côte depuis des années.

— Hé, Aurora ? l'interpella Randall tandis qu'elle pétrissait habilement la pâte de ses incontournables petits pains à la cannelle. Tu crois que tu pourrais essayer d'ajouter des noix de Grenoble hachées dans la préparation, un jour ? Je me souviens que ma mère les faisait comme ça, et ils étaient toujours délicieux.

— Tu vois ? Si tu venais à renoncer au métier de bûcheron, tu pourrais définitivement devenir boulanger ! le taquina-t-elle, les yeux rieurs. Je fais confiance à ton jugement, alors essayons.

— Vraiment ? fit Randall en haussant un sourcil, visiblement surpris par sa réponse. Ravi de voir que tu es enfin convaincue.

— Hé, il faut du temps pour abattre les

murs, répliqua Aurora en riant, son rire emplissant la boulangerie.

— Heureusement que les murs de cette vieille boulangerie tenaient bon avant que je ne commence, plaisanta Randall, un léger sourire flottant sur ses lèvres. Mais plus sérieusement. Je suis content d'avoir pu aider. Je n'étais pas sûr de la façon dont ça se passerait au début, mais ça a été agréable de travailler avec toi, Aurora. Ça a été agréable de passer du temps avec toi.

— La vie est pleine de surprises de ce genre, dit-elle, son regard croisant le sien. Et je dois dire que j'apprécie celle-ci.

— Moi aussi, admit-il doucement, son regard s'attardant sur le sien un instant.

Alors que la journée avançait, leur conversation coulait, parfois frôlant l'électricité. Mais pour chaque commentaire séducteur que Randall faisait, il le tempérait par quelque chose de stupide ou de sérieux. Aurora le désirait, en voulait plus, mais elle savait que si elle le brusquait, elle le perdrait.

— Bon, déclara Randall tandis qu'elle terminait le dernier lot de pâtisseries sur lequel elle travaillait. Je crois que nous nous sommes surpassés aujourd'hui.

— Je suis d'accord, dit Aurora, contemplant leurs œuvres avec fierté. Je n'aurais pas pu y arriver sans toi, Randall.

— Nous formons une sacrée bonne équipe, répondit-il d'une voix sincère.

Elle voulait plus que cela, et elle pensait que Randall le voulait aussi, mais elle ne savait pas comment le lui dire. Était-ce sans espoir ? Était-elle désespérée pour quelque chose qui ne pourrait jamais exister entre eux ? Ou avait-il juste besoin d'un peu plus de temps, comme le pain qui doit être levé avant d'être cuit ?

Aurora jouait avec une mèche rebelle de ses cheveux, la replaçant derrière son oreille. Randall fit un signe d'au revoir, leurs regards se retenant l'un l'autre un instant tandis que son bûcheron grincheux partait pour la journée, retournant à sa cabane dans les bois.

CHAPITRE VINGT-SIX

Aurora se tenait derrière le comptoir de la boulangerie, ses doigts tambourinant nerveusement sur la surface lisse en attendant la prochaine vague de dégustateurs. Elle n'était pas encore prête à ouvrir officiellement la boulangerie, mais après mûre réflexion et discussion avec Karen, elle avait accepté de laisser entrer certains habitants de Love Springs comme un essai pour la vraie chose.

Tout le monde adorait le nouveau pain qu'Aurora fournissait à sa amie pour son café. Karen ne cessait de lui dire qu'elle devait sans cesse répondre aux questions de savoir d'où il venait, qui le cuisait, et si le boulanger avait autre chose à vendre.

Karen, toujours perspicace, remarqua l'anxiété de son amie et lui adressa un sourire rassurant.

— N'oublie pas, il s'agit de montrer le meilleur de toi-même, conseilla Karen en serrant la main d'Aurora avant de retourner à la machine à expresso qu'elle avait apportée de son café pour aider son amie en ce grand jour.

— C'est vrai, murmura Aurora en se ressaisissant.

Elle savait que surmonter les défis auxquels elle avait fait face jusqu'à présent ne serait rien comparé à la tâche qui l'attendait : prouver sa valeur à la ville et leur faire savoir qu'elle n'avait pas parlé pour ne rien dire quand il s'agissait de reconstruire la florissante entreprise de boulangerie de son oncle Jim.

À chaque nouvelle personne qui

franchissait la porte, Aurora s'efforçait d'offrir un service exceptionnel. Elle prenait le temps de comprendre leurs préférences, recommandant avec brio des friandises délicieuses qui ne manqueraient pas de les ravir. Pendant ce temps, Karen préparait d'exquises tasses de café, ses mains habiles dansant sur la machine avec une aisance consommée.

— Tu vois, on forme une super équipe ! sourit Aurora à Karen entre deux commandes, reprenant confiance.

— Absolument ! acquiesça Karen en lui faisant un clin d'œil malicieux. Continuons sur cette lancée !

Au fil de la journée, la nouvelle du délicieux duo testant les nouveaux produits de la boulangerie se répandit rapidement dans Love Springs. L'engagement d'Aurora à satisfaire la clientèle, associé aux compétences incroyables de Karen en matière de café, attira un flux constant de dégustateurs.

— As-tu vu ces critiques ? demanda

Aurora à la fin de la journée, montrant à Karen les commentaires élogieux sur le compte des réseaux sociaux naissant de la boulangerie.

— Wow ! s'exclama Karen, les yeux écarquillés d'excitation. Tu deviens populaire !

— Grâce à ton aide, dit Aurora, s'appuyant contre le comptoir, fatiguée mais enthousiaste. On a fait du chemin depuis ce four défectueux, hein ?

— Absolument, acquiesça Karen en souriant chaleureusement. Je ne changerais cette expérience pour rien au monde.

La boulangerie prospéra ce jour-là, plus de gens qu'Aurora n'aurait jamais cru possible venant goûter ses nouvelles pâtisseries. L'intérieur de la boulangerie avait encore besoin de quelques petites rénovations, mais les gens étaient ravis de tester ses produits malgré cela. Il faut dire que le nouveau menu qu'elle avait décidé de proposer comprenait une sélection alléchante de pâtisseries, gâteaux et pains, ainsi que des spécialités saisonnières qu'elle espérait voir les gens revenir après l'ouverture officielle.

— Je dirais que c'était une journée réussie, soupira Aurora, satisfaite, en verrouillant la porte de la boulangerie derrière elles.

— Et qu'il y en ait d'autres ! renchérit Karen, enthousiaste.

Aurora rit, un sentiment de fierté gonflant sa poitrine.

— Regarde où on en est, fit-elle pensive en pressant affectueusement le bras de Karen. On est inarrêtables.

— Définitivement, approuva Karen, les yeux pétillants d'excitation. Et qui sait ce que demain nous réservera ? Peut-être un rencard avec ton charmant bûcheron ?

— Peut-être, taquina Aurora en retour, un large sourire aux lèvres.

Elle le voulait désespérément, mais elle savait aussi qu'elle devait se concentrer sur le succès de l'ancienne boulangerie de son oncle Jim. De plus, si elle parvenait à faire revenir les habitants de Love Springs, elle était convaincue de pouvoir convaincre un certain bûcheron bourru de repasser également.

— As-tu déjà pensé à un nom pour l'endroit ? demanda Karen pendant qu'elles fermaient boutique pour la journée.

— En fait, j'y ai réfléchi l'autre soir, dit Aurora, ravie. Qu'est-ce que tu penserais de...

CHAPITRE VINGT-SEPT

urora Sinclair, propriétaire de la nouvelle boulangerie Les Délices de l'Amour, se tenait derrière le comptoir, ses cheveux bruns foncés tirés en un chignon désordonné, tout en glaçant délicatement les cupcakes refroidis. Son sourire contagieux illuminait la petite boulangerie, et elle fredonnait au rythme de la musique diffusée doucement à la radio. L'arôme enivrant du beurre et du sucre se mêlait aux délicieuses senteurs des pâtisseries fraîchement sorties du four.

— Attention Aurora ! grogna Randall Woods d'un air malicieux en se frayant un chemin près d'elle, un lourd sac de farine dans les bras. Sa barbe était saupoudrée d'une légère couche de farine et ses yeux perçants pétillaient d'amusement tandis qu'il la regardait glacer une feuille sur un cupcake. — Tu as failli en mettre sur mon pantalon.

— Ça aurait été dommage, le taquina-t-elle en lui lançant un clin d'œil espiègle. — Les dames de Love Springs n'auraient pas manqué de jaser sur la façon dont j'aurais ruiné ta réputation de dur à cuire.

Randall leva les yeux au ciel, mais ne put réprimer le sourire qui s'étendit sur son visage. Depuis quelques mois, il aidait Aurora à rénover la boulangerie de son défunt oncle, et il était difficile de ne pas être attiré par sa chaleur et sa ténacité. Bien qu'il hésitât au début à s'impliquer dans sa vie, craignant que les fantômes de son passé ne le rattrapent, Aurora était lentement parvenue à fissurer les murs qu'il avait érigés autour de lui.

— Au fait, tu as entendu ce que Madame Wilkins a raconté sur notre nouvelle tarte aux fraises ? demanda Aurora d'un ton sérieux en reposant la poche à douille et en s'appuyant contre le comptoir, les bras croisés.

— Oh non, pas encore ses inepties, grogna Randall en posant le sac de farine sur l'étagère pour la rejoindre au comptoir. — Qu'est-ce que c'est cette fois ?

— Apparemment, elle a dit à Mabel Cooper que nos fraises étaient pleines de pesticides et qu'on essayait d'empoisonner la ville, soupira Aurora, la frustration se lisant dans ses yeux bruns. — Je ne sais pas combien de temps je pourrai encore supporter ça, Randall.

— Madame Wilkins est juste jalouse parce que ta boulangerie attire toute l'attention dernièrement, affirma Randall en posant sa main calleuse sur l'épaule d'Aurora. — Elle a peur que ses vieilles recettes ne fassent plus l'affaire. Elle n'a jamais aimé ton oncle Jim non plus, de toute façon.

— Peut-être, concéda Aurora, son regard se perdant dans la rue en direction de la boulangerie Sweet Treats de Madame Wilkins.

L'établissement rival n'était qu'à quelques portes de là, sa façade rose criarde jurant avec le charme rustique du centre-ville de Love Springs.

— Écoute, Aurora, tu as quelque chose de spécial ici, poursuivit Randall avec sincérité, capturant à nouveau son attention. — Ton talent, ta passion... ça se voit dans chacune de tes pâtisseries. Aucune rumeur ou rivalité mesquine ne pourra changer ça. Crois-moi.

— Merci Randall, sourit Aurora, les yeux embués de gratitude. — Ton soutien compte énormément pour moi. Je te promets qu'on montrera à Madame Wilkins que la boulangerie Les Délices de l'Amour est là pour rester.

— Et comment ! approuva-t-il, son visage s'adoucissant en la regardant. — Et je serai là à chaque étape.

Tandis que leurs regards se croisaient, une étincelle de désir passa entre eux. C'était délicieux et doux, comme les pâtisseries qu'ils avaient préparées ensemble le week-end dernier.

C'est ça, Aurora. Continue à le faire revenir pour plus ! Tu tiens ce grincheux dans la paume de ta main.

CHAPITRE VINGT-HUIT

Le lendemain matin, Aurora se trouvait au cœur de la boulangerie Les Délices de l'Amour, pétrissant la pâte de ses mains expertes tandis que le parfum des petits pains à la cannelle qu'elle avait cuits pour le café de Karen flottait dans l'air. Elle leva les yeux lorsque la clochette au-dessus de la porte retentit.

Les rénovations de la boulangerie touchaient à leur fin et elle commençait à se faire un nom. Tout se mettait en place.

Sauf sa vie amoureuse, mais elle essayait de se rappeler en plaisantant que les plus délicieuses gourmandises demandaient toujours le plus de temps à cuire.

— Bonjour, Madame Johnson ! lança-t-elle joyeusement à la femme à la porte, ses yeux se plissant aux coins. Comment vont les petits-enfants ?

— Aussi turbulents que d'habitude, ma chérie, répondit la vieille dame en traversant le plancher grinçant. Ils viennent déjeuner aujourd'hui, alors je me suis dit que j'allais leur offrir quelques-unes de vos délicieuses pâtisseries. Karen n'arrive pas à en garder assez en rayon. J'ai hâte que vous ouvriez officiellement cet endroit.

Aurora rayonnait mais elle s'arrêta lorsqu'elle vit une moue passer sur le visage de Madame Johnson.

— Y a-t-il un problème ? demanda-t-elle.

— En fait, Aurora, j'ai entendu une

rumeur désagréable de la part de Madame Wilkins ce matin, dit la femme âgée d'une voix hésitante en chuchotant. Elle a dit que vous utilisez... de la garniture de fruits en conserve dans vos tartes !

— Quoi ! s'exclama Aurora en poussant un soupir, portant la main sur son cœur. Mais c'est tout simplement scandaleux ! Faites savoir à Madame Wilkins que chacune de nos tartes est remplie d'amour et des meilleurs fruits du marché du fermier Dave. De plus, je ne peux imaginer que les fruits en conserve auraient un goût aussi bon que notre tarte Pêche Melba.

— C'est exactement ce que je pensais, ma chère, dit Madame Johnson en riant, les yeux pétillants. Je savais que ces bêtises n'étaient pas vraies. Cette femme devrait plutôt se concentrer sur ses propres affaires au lieu de répandre des mensonges sur les vôtres.

— Merci, Madame Johnson. Je vous

suis reconnaissante de me l'avoir dit, dit Aurora en souriant, ravie de la loyauté de ses futures clientes.

Alors qu'elle emballait une boîte de pâtisseries assorties à livrer à Karen, elle ne put s'empêcher de penser aux moyens que Madame Wilkins employait pour nuire à sa boulangerie. Offrir des réductions aux clients qui abandonnaient Les Délices de l'Amour pour Sweet Treats était une chose, mais répandre d'affreuses rumeurs ? Il semblait que sa rivale n'avait aucune limite à ses tactiques déloyales.

— Voilà pour vous, Madame Johnson, dit Aurora en lui tendant la boîte de pâtisseries avec un sourire. Ne le dites à personne. Je ne suis pas encore censée être ouverte. Ce sera notre petit secret. J'ai ajouté quelques petits pains à la cannelle supplémentaires, rien que pour vous.

— Oh mon Dieu ! Merci, ma chérie ! Vous êtes un vrai amour, dit Madame Johnson, ravie en regardant la boîte de pâtisseries.

Elle se dirigea vers la porte en traînant les pieds, laissant Aurora retourner à sa pâtisserie.

— Une matinée difficile ? dit une voix grave venant de l'entrée qui n'était pas tout à fait fermée après le départ de Madame Johnson.

Aurora leva les yeux et vit un homme grand aux cheveux noirs debout là, les yeux plissés d'amusement.

— Euh, bonjour, balbutia-t-elle, momentanément déconcertée par la présence inattendue de l'étranger séduisant. Je peux vous aider ?

— En fait, je pense que je pourrais vous aider, répondit-il en s'approchant du comptoir avec un sourire. Je m'appelle Jackson Black, et j'ai entendu parler de votre petite rivalité avec Madame Wilkins. Je suis nouveau en ville, et il se trouve que je suis un pâtissier amateur. J'ai une recette qui pourrait vraiment faire pencher la balance en votre faveur.

Aurora plissa les yeux, étudiant le

nouveau venu. Il avait une assurance sur lui, mais il y avait autre chose — un soupçon de quelque chose qui la rendait méfiante. Elle jeta un coup d'œil vers la porte, s'attendant presque à ce que Randall déboule pour exiger de savoir ce qui se passait. Mais quand aucun sauveur grincheux n'apparut, elle décida de prendre les choses en main.

— Très bien, Monsieur Black, dit-elle en soutenant son regard. Montrez-moi ce que vous avez.

Alors que Jackson sortait un carnet de sa poche arrière, Aurora ne pouvait s'empêcher de ressentir un mélange d'excitation et d'appréhension. D'un côté, si cette recette était aussi bonne qu'il le prétendait, cela pourrait signifier qu'elle prendrait enfin l'avantage sur Madame Wilkins et ses manigances incessantes. D'un autre côté, elle ne pouvait se débarrasser de l'impression tenace qu'il y avait plus chez ce charmant nouveau venu que ce que l'on voyait.

— Fais confiance à ton instinct, Aurora, murmura-t-elle pour elle-même alors qu'elle se préparait à apprendre la recette secrète de Jackson. Et garde tes amis proches — mais tes ennemis encore plus proches.

CHAPITRE VINGT-NEUF

L'air était embaumé des senteurs chaleureuses de cannelle et de muscade tandis qu'Aurora mesurait soigneusement les ingrédients de la recette secrète de Jackson. Ce dernier, appuyé contre le comptoir, un peu trop près pour être à l'aise, ne la quittait pas du regard, la faisant hésiter entre se sentir flattée ou mal à l'aise.

— Tu es sûre de toi ? demanda-t-elle en essayant de garder une voix ferme.

— Fais-moi confiance, dit-il avec un

sourire à faire fondre n'importe quelle autre femme, beurre et cœur. Cela changera *tout*.

Aurora lui rendit un sourire forcé, mais son esprit était un tourbillon de doutes. Et si Jackson ne se servait d'elle que pour ses intérêts ? Et s'il s'était allié à Madame Wilkins pour saboter sa boulangerie ? Que penserait Randall ?

— Très bien, finit-elle par céder dans un soupir. Faisons-le.

Alors qu'Aurora s'apprêtait à saisir le bol à mélanger, la porte s'ouvrit à la volée et Randall entra d'un pas furieux, ses yeux bleus perçants se plissant à la vue de Jackson.

— Qui est-ce ? exigea-t-il d'une voix bourrue qui résonna dans la petite boulangerie.

— Randall, je te présente Jackson Black, dit Aurora en essayant d'apaiser les tensions. Il m'aide pour une nouvelle recette.

— T'aider ? ricana Randall en croisant les bras sur son torse musclé. Comment sais-tu qu'il n'est pas seulement après tes secrets ?

— Parce que je lui fais confiance, rétorqua Aurora, consciente d'utiliser ce mot beaucoup trop facilement alors que ses joues rosissaient d'irritation. Et pour l'instant, j'ai besoin de toute l'aide possible.

Randall serra la mâchoire, visiblement en lutte pour contenir sa frustration.

— Très bien, grogna-t-il. Mais je vais le surveiller. Je ne partirai pas tant qu'il sera là.

— Je vous en prie, ne vous sentez pas obligé de rester à cause de moi et de votre... *associé*, dit Jackson d'une voix doucereuse. Je suis seulement ici pour prêter main-forte.

— Merci, Jackson, dit Aurora en lançant un regard appuyé à Randall. S'il s'agissait de sa manière de marquer son territoire, il avait choisi le pire moment possible. Maintenant, si vous voulez bien m'excuser, j'ai du travail à faire.

Tandis qu'elle retournait à ses préparations, Aurora ne pouvait s'empêcher de remarquer la façon dont les doigts de Jackson effleuraient intentionnellement les siens chaque fois qu'il lui tendait un ingrédient. C'était un contact subtil, mais qui provoquait un frisson d'inquiétude dans son échine.

— Est-ce que cela va vraiment fonctionner ? demanda-t-elle, essayant d'ignorer le mauvais pressentiment qu'elle avait à son sujet.

— Fais-moi confiance, ronronna Jackson d'une voix basse et séduisante. Tu ne seras pas déçue.

Aurora déglutit difficilement, sentant la chaleur lui monter aux joues. Elle voulait le croire — lui faire confiance que ses intentions étaient pures. Mais en jetant un coup d'œil à Randall, dont le regard était empreint d'inquiétude et de suspicion, elle ne pouvait s'empêcher de se demander si elle ne commettait pas une énorme erreur.

— Très bien, murmura-t-elle en se préparant à affronter ce qui allait suivre. Voyons ce que toi et ta recette avez dans le ventre, Jackson Black.

CHAPITRE TRENTE

Le soleil disparaissait derrière l'horizon, baignant Love Springs d'une douce lueur chaleureuse. Aurora et Randall se tenaient côte à côte sur le perron de la boulangerie, observant la communauté soudée s'animer de rires et de conversations amicales après une longue journée de travail. Les voisins se saluaient d'un signe de la main à travers la rue, les enfants filaient à bicyclette et les commérages de la petite ville coulaient aussi librement que la brise fraîche du soir.

— On dirait que Madame Wilkins organise une autre de ses fameuses « Dégustations de Délices », commenta Randall en hochant la tête en direction de la foule compacte rassemblée devant la boulangerie rivale.

Aurora soupira, son regard allant et venant entre les visages heureux dans la foule et les chaises vides dispersées sur la terrasse de sa propre boutique. Tout était prêt, mais la mairesse Martha ne lui donnerait pas le feu vert pour l'ouverture tant que Randall n'aurait pas terminé les dernières rénovations.

— J'aimerais tellement pouvoir déjà ouvrir la boulangerie, marmonna-t-elle, le front plissé de frustration. Mes gourmandises sont tout aussi délicieuses.

— Meilleures, même, affirma Randall avec une pointe de fierté dans la voix. Il te suffit simplement d'être plus prudente sur qui tu choisis de faire confiance, c'est tout.

— Comme Jackson ? demanda Aurora, se remémorant la manière dont l'homme mystérieux avait effleuré ses doigts un peu plus tôt.

— Exactement. Je ne lui fais pas confiance. Mais si tu penses qu'il est vraiment ici pour nous aider, je ferai de mon mieux pour me fier à ton intuition.

— Merci, Randall, dit Aurora en posant sa tête sur son épaule, submergée par une vague de gratitude envers son bûcheron grincheux. Ça compte beaucoup pour moi.

Il se raidit légèrement au départ, mais ne fit rien pour la repousser.

— Tout pour toi, Aurora, souffla Randall en passant un bras réconfortant autour de ses épaules.

Tandis qu'ils se tenaient là, lovés dans la chaleur du soleil couchant, une vieille femme du nom d'Agnes s'approcha d'eux, s'appuyant sur sa canne.

— Bonsoir à vous deux, lança-t-elle, une lueur espiègle dans le regard. Je n'ai pu m'empêcher d'entendre votre petite conversation du cœur.

Aurora rougit, soudain consciente que tout le monde semblait connaître les affaires de chacun à Love Springs.

— Oh, euh, salut Agnes, balbutia-t-elle.

— Écoute, ma chère, continua Agnes en tapotant la main d'Aurora. J'ai vécu dans cette ville pendant quatre-vingt-trois ans, et je peux te dire une chose : la confiance est une denrée rare, peu importe où tu es. Et la loyauté ? Encore plus rare.

— Vous voulez dire qu'on ne devrait pas faire confiance à Jackson ? demanda Randall en plissant les yeux.

— Je dis simplement que les gens ne sont pas toujours ce qu'ils semblent être, dit-elle d'un air énigmatique. Mais je sais aussi que l'amour peut conquérir à peu près n'importe quoi. Restez tous les deux ensemble, et vous serez imbattables. Avec un clin d'œil entendu, Agnes s'éloigna en claudiquant vers la boulangerie de Madame Wilkins.

— Peut-être qu'elle a raison, dit

Aurora, sa détermination se renforçant. Peut-être que si nous sommes ensemble. Euh, je veux dire, si nous sommes dans le même bateau ? Nous pourrons affronter n'importe quoi — même Jackson Black.

Gênée par cet aveu soudain, Aurora se détourna, les joues rougies, refusant de regarder le bûcheron dans les yeux de peur qu'il ne comprenne ce qu'elle voulait dire.

— Ou même Madame Wilkins, dit Randall en souriant, ne reconnaissant pas encore exactement ce qu'elle avait dit.

— Définitivement Madame Wilkins, approuva Aurora en riant nerveusement. Maintenant, euh, remettons-nous au travail. Nous avons une boulangerie à sauver, et j'ai l'impression que les habitants de Love Springs auront besoin d'être convaincus.

— Ça me va, dit Randall, ses yeux bleus pétillants alors qu'elle croisait enfin son regard. Ensemble.

CHAPITRE TRENTE-ET-UN

Aurora jeta un coup d'œil à la vitrine, le cœur serré en réalisant que peu de ses pâtisseries signature avaient été achetées ce jour-là. Karen lui avait répété que les dégustations avant l'ouverture officielle étaient le meilleur moyen de séduire les cœurs – et les estomacs – de tous, mais après cette journée, elle n'en était plus si sûre.

À chaque heure qui passait, le sentiment d'urgence s'intensifiait. Sa boulangerie était au bord de l'échec avant même d'ouvrir, et elle ne pouvait plus se permettre de perdre d'autres clients au profit de Madame Wilkins.

— Ugh, j'arrive pas à croire que cette vieille peau vole tes clients, grommela Randall en regardant d'un air mauvais la boulangerie de Madame Wilkins au bout de la rue. On doit faire quelque chose.

— Comme quoi ? demanda Aurora en se tordant les mains de frustration. J'ai essayé de créer de nouvelles recettes à tester, mais rien ne semble fonctionner.

— Peut-être que tu essaies un peu trop fort, ma chérie, lança Jackson Black d'un ton séducteur en entrant dans la boulangerie, arborant son sourire charmeur habituel. Tu es une excellente boulangère, Aurora. Contente-toi de faire ce que tu sais faire de mieux, et bientôt, tout le monde reviendra.

— Merci, Jackson, dit Aurora, les joues rosies par le compliment.

Elle ne pouvait se défaire de l'impression tenace qu'il y avait plus chez lui que ce qu'il laissait paraître.

Randall renifla avec dédain, faisant tout son possible pour ignorer ce mystérieux nouveau venu en ville.

— Bien sûr, si tu as un jour besoin d'une aide *particulière*, je serai *ravi* de me porter volontaire, ajouta Jackson en lui faisant un clin d'œil. J'ai un palais *très* raffiné et une langue qui est *toujours* prête à goûter n'importe quelle saveur que tu voudras bien m'offrir.

— Très délicat, Jackson, grogna Randall avec sarcasme en croisant les bras sur sa poitrine. Mais je pense qu'on peut très bien se débrouiller sans ton aide.

— Randall, ne sois pas impoli, le réprimanda gentiment Aurora, bien qu'elle appréciât son côté protecteur. Il était difficile de savoir parfois si Jackson la draguait réellement ou s'il essayait simplement d'agacer Randall. Jackson essaie juste d'aider.

— Ouais, c'est ça, grogna Randall, toujours pas entièrement convaincu.

Et puis, une fois qu'elle eut finalement réussi à calmer les deux hommes —

— Écoute, Aurora, ricana Madame Wilkins en faisant irruption dans la boulangerie, le nez en l'air. Je voulais te dire en personne à quel point j'ai apprécié de voir ton petit commerce péricliter. Il était temps que les gens se rendent compte de qui est la véritable reine des pâtisseries dans cette ville.

— Madame Wilkins, il n'est pas nécessaire de se montrer si hostile, déclara Aurora d'une voix tremblante de colère. Il y a largement assez de place à Love Springs pour deux boulangeries.

— Ha ! Cela est peut-être vrai, ma chérie, mais ma boulangerie sera toujours numéro un. Tu n'es que de passage. Nous savons tous que tu auras disparu d'ici la fin de l'année. Et bon débarras, je dis !

— Ça suffit, trancha Randall en se plaçant protecteur devant Aurora. Vous avez dit ce que vous aviez à dire, maintenant fichez le camp d'ici.

— Très bien, renifla Madame Wilkins en tournant les talons et en sortant de la boulangerie d'un pas rageur.

— Tu peux la croire ? fulmina Aurora en serrant les poings le long de son corps. Comment peut-elle être aussi méchante ?

— La jalousie est une vilaine chose, ma chérie, déclara Jackson avec un sourire entendu en jetant un regard appuyé à Randall. Elle te voit comme une menace et fait tout ce qu'elle peut pour te faire tomber.

— Peut-être, admit Randall. Mais on ne la laissera pas gagner. Ni toi non plus, Jackson, sembla dire son regard courroucé. On trouvera un moyen de faire fonctionner cette boulangerie et de prouver à tous les habitants de Love Springs qu'on ne va pas baisser les bras sans se battre.

— Absolument, approuva Aurora.

Elle savait qu'ils affrontaient une rude bataille, mais avec Randall à ses côtés et son esprit acharné, Aurora ne se reposerait pas avant que sa boulangerie ne prospère à nouveau.

— Alors, mettons-nous au travail, dit Jackson en frappant dans ses mains. Je pense qu'il est grand temps que nous montrions à Madame Wilkins de quoi Aurora Sinclair est vraiment capable.

Aurora croisa le regard de Randall, son cœur gonflé de gratitude pour ce qu'ils avaient. Ensemble, ils affronteraient tous les obstacles qui se dresseraient sur leur route et en ressortiraient plus forts. Elle voulait qu'il sache que Jackson était juste, eh bien... Jackson.

L'homme qu'elle voulait vraiment dans sa vie, pour toujours, était le bûcheron grincheux dont elle commençait à réaliser qu'elle ne pouvait plus se passer.

Pourquoi se battait-il encore contre la chimie qu'il y avait entre eux, cependant ?

CHAPITRE TRENTE-DEUX

Les doigts d'Aurora dansaient sur le comptoir pendant qu'elle fredonnait un air joyeux, entourée de bols et de tasses à mesurer tels une armée de soldats. Elle pouvait sentir le regard de Randall posé sur elle, son attention intense mais d'une certaine manière rassurante. Ensemble, ils avaient passé des heures à réfléchir à des moyens de surmonter le sabotage de Madame Wilkins et redonner vie à la boulangerie Les Délices de l'Amour.

— Très bien, dit-elle en souriant à

Randall, j'ai LA recette parfaite pour faire oublier à tout le monde Madame Wilkins et ses vilaines rumeurs.

— Ah oui ? demanda Randall en haussant un sourcil, un sourire en coin sur les lèvres. Qu'as-tu en tête ?

— Les Lava Cakes de Love Springs, répondit Aurora, les yeux brillants d'excitation. Ils seront riches, fondants et absolument irrésistibles. Tout comme notre amour pour cette ville.

— Ça a l'air délicieux, admit Randall, la voix riche et épaisse tandis qu'il la regardait. Mais comment allons-nous nous assurer que tout le monde soit au courant ?

Aurora se mordit la lèvre, pensive.

Comme s'il sentait son incertitude, Randall se pencha vers elle, son souffle chaud effleurant son oreille. — Laisse-moi m'occuper de cette partie, chérie. Je connais un truc ou deux sur le marketing à Love Springs, ou devrais-je dire, qui aime le plus cancaner ?

Un frisson parcourut l'échine d'Aurora à sa proximité, la façon dont il grognait presque ses mots à son oreille, aguicheur et interdit, mais elle se ressaisit rapidement.

— D'accord, accepta-t-elle. Tu t'occupes de la promotion, et je me concentrerai sur la perfection de la recette.

Au cours des jours suivants, Aurora et Randall travaillèrent sans relâche, leur passion pour la boulangerie brillant plus fort que jamais. Ils riaient ensemble, se chamaillaient sur des détails mineurs, et se réjouissaient lorsque la première fournée parfaite des Lava Cakes de Love Springs sortait du four, leur arôme délicieux embaumant l'air.

— Wow, dit Randall en contemplant l'allure des gourmandises sucrées et fondantes. Ça va être un véritable succès.

— Grâce à toi, affirma Aurora, les joues rosies de fierté. Tes talents de marketing portent vraiment leurs fruits.

Des gens sont venus me demander quand ils seraient disponibles !

— Nous l'avons fait ensemble, sourit Randall en entrechoquant sa fourchette contre la sienne alors qu'ils partageaient une première bouchée de leur création.

— Ensemble, répéta Aurora, le cœur battant la chamade tandis qu'il lui tendait une bouchée au bout de sa fourchette.

L'instant charmeur fut à la fois savouré et perdu lorsque Randall fut appelé pour quelques minutes afin d'aider une femme du village à réparer le perron de sa maison. Jackson Black profita de ce moment pour entrer dans sa boulangerie, un sourire diaboliquement coquin sur les lèvres.

— Puis-je ? demanda-t-il en désignant le plateau de lava cakes fraîchement sortis du four.

— Je vous en prie, répondit Aurora en en mettant un sur une assiette avant de la faire glisser sur le comptoir, accompagnée d'une fourchette.

— Toutes mes félicitations, Aurora, lança-t-il d'une voix suave en léchant une tache de chocolat sur ses doigts, la regardant droit dans les yeux. Vous vous êtes vraiment surpassée.

— Merci, Jackson, répondit-elle en s'efforçant d'ignorer ses avances et le doute insistant qui lui soufflait à l'oreille.

Elle ne pouvait se défaire de l'impression qu'il cachait quelque chose, mais pour l'heure, seul comptait le succès de sa boulangerie.

Dès que Randall revint de son ouvrage, Jackson décida de partir. Le mystérieux nouveau venu et le bûcheron bourru échangèrent un regard, l'un arrogant, l'autre protecteur, en se croisant sur le pas de la porte.

— Randall, reprit Aurora quand ils se retrouvèrent seuls, je ne peux m'empêcher de craindre que Madame Wilkins n'abandonne pas aussi facilement. Et je ne sais toujours pas quoi penser de Jackson...

— Moi non plus, répondit Randall

d'un air sombre. Je ne lui fais pas confiance, Aurora. Mais si tu veux bien, nous affronterons ensemble tout ce qui se présentera.

— Ensemble, répéta-t-elle, puisant espoir et force dans ses paroles.

Elle ne faisait pas confiance à Jackson, mais elle ne pouvait s'empêcher d'apprécier les merveilles qu'il avait accomplies pour la rapprocher de Randall. Il ne lui restait plus qu'à trouver un moyen de transformer son côté protecteur en quelque chose de plus, et bien...

CHAPITRE TRENTE-TROIS

$\mathcal{A}$urora fit un pas en arrière pour admirer le nouvel intérieur fraîchement terminé de la boulangerie Les Délices de l'Amour, son visage s'illuminant comme les premiers rayons du soleil. Les murs étaient teintés d'une chaude nuance de beurre qui lui rappelait les croissants tout juste sortis du four et les grandes fenêtres, désormais encadrées de délicates dentelles, mettaient en valeur leurs créations pour tout Love Springs.

— Ouah, souffla-t-elle en contemplant l'ensemble. C'est... parfait.

— Presque aussi parfait que ta nouvelle recette de tarte aux amandes et aux framboises, dit Randall en sortant de la cuisine avec un plateau fumant de ces pâtisseries tout juste sorties du four. Tu t'es vraiment surpassée cette fois.

— Merci, rougit Aurora. Mais je n'aurais rien pu faire sans toi.

— Ensemble, sourit-il en posant le plateau sur le comptoir. Voyons maintenant ce que les autres en pensent.

Dès qu'ils ouvrirent les portes pour une ultime journée de dégustation, une file se forma rapidement, attirée par les odeurs alléchantes qui flottaient dans l'air malgré les affreuses rumeurs de Madame Wilkins. Bientôt, la boulangerie fut emplie du doux brouhaha de conversations joyeuses pendant que les gens savouraient chaque bouchée des nouvelles pâtisseries d'Aurora.

— Quelqu'un vous a-t-il dit à quel point vos roulés à la cannelle sont délicieux ? s'extasia Madame Harper en reprenant une pâtisserie pour la route. J'en ai goûté quand Karen en a rapporté, mais ils sont encore meilleurs maintenant !

— Merci, Madame Harper ! Aurora rayonnait. Je n'ai pas ménagé mes efforts pour les perfectionner.

— Continuez comme ça, ma chère, dit-elle en adressant un signe de tête au bûcheron avant de sortir avec un clin d'œil.

— Tu vois ? Randall donna une légère bourrade à Aurora. Je t'avais bien dit que nous formions une excellente équipe.

Aurora n'était pas vraiment sûre que ce fût pour cela qu'elle avait hoché la tête, mais elle était trop excitée par cette dernière journée de dégustation pour relever.

— D'accord, d'accord, admit-elle en levant les yeux au ciel sans pouvoir dissimuler son sourire ravi. Peut-être que tu avais raison.

— Redis-le, la taquina-t-il en se penchant vers elle. Je n'entends pas ça assez souvent.

À cet instant, Aurora lui aurait pratiquement dit tout ce qu'il voulait entendre...

— Randall Woods, maître en rénovation et boulanger extraordinaire, tu avais *raison*, déclara-t-elle tandis qu'un rire lui montait du fond de l'âme.

— De la musique à mes oreilles, gronda-t-il, ses yeux bleus pétillant de malice.

Leur travail d'équipe avait insufflé une nouvelle vie à la boulangerie — non seulement dans son apparence, mais aussi dans les saveurs et les créations de leurs produits. La personnalité joyeuse d'Aurora se reflétait dans les macarons colorés et les délicates pâtisseries qui ornaient la vitrine, tandis que la force robuste de Randall se manifestait dans les étagères solides et les nouveaux parquets installés.

— La pâte levée au levain part comme des petits pains chauds aujourd'hui, dit Aurora en observant une autre tranche grillée trouver son chemin dans les mains d'un dégustateur.

— Je dirais que ce sont tes scones au citron et à la lavande qui attirent toute l'attention, rétorqua-t-il avec une pointe de satisfaction suffisante dans la voix.

— Tu dis ça seulement parce que ce sont tes préférés, dit-elle en gloussant, appréciant autant leurs taquineries que son nouveau succès.

Alors que la dernière personne partait pour la journée, un sentiment de pur bonheur s'installa dans le cœur d'Aurora.

— À de nombreux autres jours aussi réussis que celui-ci, murmura-t-elle.

— Je lève mon verre à ça, murmura Randall en retour avec une lueur dans les yeux qu'elle n'avait pas tout à fait remarquée auparavant.

Il ne lui restait plus qu'à espérer que la journée de l'ouverture officielle se passerait aussi bien une fois que Randall aurait terminé les dernières réparations plus tard dans la semaine.

CHAPITRE TRENTE-QUATRE

Le cœur d'Aurora battait la chamade tandis que le présentateur du Festival Estival de Love Springs se raclait la gorge, sur le point de révéler le gagnant du concours culinaire local. Le soleil descendait bas sur l'horizon, baignant la foule animée d'une chaude lueur dorée.

C'était l'idée de Randall qu'elle y participe. Il disait que ce serait la parfaite dernière chose à montrer à tous les gens du village de quoi elle était faite avant l'ouverture officielle de la boulangerie la semaine prochaine. Elle avait à peine eu le temps de préparer une entrée à la dernière minute, mais elle était fière de ce qu'elle avait cuisiné.

Comme toujours, Randall l'avait aidée à goûter ses préparations. Aidait que c'était ses préférées.

— Et sans plus attendre, tonna le présentateur, la gagnante de cette année du Festival Estival de Love Springs est... la Boulangerie Les Délices de l'Amour !

— On a gagné ! piailla Aurora, les yeux brillants de larmes de joie.

Randall la prit dans une étreinte serrée, la soulevant du sol et la faisant tournoyer tandis que la foule explosait en applaudissements.

— Félicitations ! s'écria une blogueuse culinaire locale enthousiaste, mitraillant leurs expressions triomphantes de photos. Vos scones au citron et à la lavande sont délicieux ! Et ce pain au levain... absolument parfait.

— Merci beaucoup, répondit Aurora

en souriant, les joues roses d'excitation et des bras musclés de Randall encore enroulés autour d'elle.

— Tu as été formidable, Aurora, lui dit Randall en la serrant dans ses bras avant de la reposer par terre.

Ses yeux bleus perçants rencontrèrent les siens, les coins se plissant dans un sourire fier.

Alors qu'ils célébraient sa victoire à la boulangerie plus tard dans la soirée, leurs amis se rassemblèrent près d'eux pour partager leur joie. Des guirlandes de lumières scintillantes ornaient les murs, baignant la fête intime d'une lueur magique.

— À Aurora et Randall, dit Karen en levant son verre pour porter un toast à son amie. Pour avoir prouvé que les contraires s'attirent vraiment — et donnent naissance aux créations les plus délicieuses !

Karen fit un clin d'œil malicieux à Aurora avant de faire un geste évident vers le bûcheron grincheux qui souriait dans le coin.

— Tchin ! approuvèrent-ils tous en entrechoquant leurs verres dans un éclat de rire.

— Randall, je voulais juste dire..., commença Aurora en faisant une pause pour rassembler ses pensées au milieu des réjouissances. Je suis tellement reconnaissante pour tout ce que tu as fait. Sans toi, la boulangerie serait encore en difficulté. Nous avons réussi. Tu as réussi.

— Et voilà les émotions qui arrivent, la taquina-t-il, mais elle pouvait voir l'appréciation briller dans ses yeux. Tu sais que je ne suis pas du genre à faire des discours sentimentaux, Aurora.

— Très bien, dit-elle en soufflant de manière ludique, roulant des yeux. Je vais juste dire ça : tu es le pain croustillant à mon cœur tendre, espèce de grincheux.

— Ah, c'est mieux comme ça, dit-il en souriant et en la serrant chaleureusement dans ses bras. Et tu es le sucré à mon salé. Qu'est-ce que tu en penses ?

— Parfait, répondit-elle, souriant largement, une étincelle ravie dans les yeux. J'adore.

Ils échangèrent un regard qui lui coupa le souffle et accéléra les battements de son cœur.

— Aurora ! s'exclama Karen, bousculant accidentellement son amie. Viens ! Raconte à tout le monde l'histoire des figues ! Aurora a fait des roulés à la cannelle avec des figues, tout le monde !

Après un dernier regard plein de regret vers son bûcheron grincheux, Aurora rejoignit la petite foule dans sa chère boulangerie pour leur raconter comment elle avait décidé d'utiliser des figues dans ses roulés à la cannelle un jour, au grand amusement de Karen.

CHAPITRE TRENTE-CINQ

La réserve de la boulangerie Les Délices de l'Amour était un véritable havre pour tout pâtissier passionné. De grands bocaux soigneusement étiquetés contenaient de la farine, du sucre et de la poudre de cacao, reflétant la douce lueur des néons au plafond. Le parfum enivrant de la vanille flottait dans l'air comme une chaude étreinte, se mêlant aux légères senteurs de cannelle et de muscade.

Une robuste table en bois massif, héritage de l'oncle Jim, trônait au centre de la pièce, sa surface lissée par les années de pétrissage de pâte et d'abaissage de croûtes à tarte. Le long d'un mur, une rangée de brillants bols et fouets en acier inoxydable attendait sagement d'être utilisée, méticuleusement organisée.

Aurora se tenait près de la table, ses cheveux bruns foncés ramenés dans une queue de cheval négligée qui encadrait son visage et laissait paraître son sourire ensoleillé. Un nuage de farine poudrait son tablier, témoignant du travail acharné qu'elle avait fourni pour faire de l'ancienne boulangerie de son oncle un succès. Elle balaya la pièce du regard, contemplant les ustensiles et ingrédients désormais sous sa responsabilité.

Barbu et les yeux d'un bleu perçant, Randall avait l'allure imposante lorsqu'il se faufila dans l'embrasure de la porte. Aurora se surprit à l'observer, brièvement distraite par la façon dont sa chemise à carreaux épousait ses larges épaules et ses bras musclés.

— Bon, par où commencer ? lança Randall, tirant Aurora de sa rêverie de bucheron séduisant.

Elle cligna des yeux, se forçant à rester concentrée sur la tâche à accomplir.

— Euh, peut-être qu'on pourrait d'abord ranger les ustensiles de pâtisserie ? proposa-t-elle en désignant les étagères du mur du fond.

Randall acquiesça, et ils se mirent au travail.

Tandis qu'ils s'affairaient, leurs gestes semblaient se répondre dans une chorégraphie naturelle de rangement et d'organisation. De temps à autre, Aurora ne pouvait s'empêcher de jeter un coup d'œil admiratif vers Randall, fascinée par ses traits virils et le roulement des muscles de ses bras tandis qu'il soulevait de lourds sacs de farine.

De son côté, Randall paraissait faire de son mieux pour ignorer la tension grandissante entre eux. Il restait concentré sur sa tâche, essuyant d'un revers de main une goutte de sueur qui perlait sur son front, y laissant une trace de poudre de cacao.

— Tu as un peu de... commença Aurora en tendant la main pour essuyer la tâche sur sa peau, laissant ses doigts s'attarder une fraction de seconde de trop avant de se retirer, les joues roses. Voilà, c'est parti.

— Merci, marmonna Randall d'une voix rauque.

Il reporta son attention sur les étagères, mais pas avant qu'Aurora n'ait aperçu le sourire qui pointait au coin de ses lèvres.

Tandis qu'ils continuaient à œuvrer côte à côte dans cette réserve douillette, entourés des senteurs et des instruments de leur passion partagée – sa pâtisserie, son travail de remise en état des lieux –, il était impossible de nier qu'il pouvait réellement y avoir quelque chose de spécial entre eux.

CHAPITRE TRENTE-SIX

— *R*andall, peux-tu me passer ce fouet là-bas ? demanda Aurora, d'une voix douce et légèrement haletante, en faisant un geste vers l'étagère proche.

— Bien sûr, répondit-il d'un ton bourru, attrapant le fouet avant de le lui tendre.

Leurs doigts se frôlèrent lorsqu'elle le prit, un frisson parcourant son échine à ce bref contact. Elle leva les yeux vers lui, croisant son intense regard bleu, et retint son souffle une seconde de trop avant de détourner rapidement le regard.

— Merci, chuchota Aurora, se forçant à se concentrer sur la tâche à accomplir.

Elle mélangeait une pâte pour ses célèbres roulés à la cannelle pour l'ouverture officielle de la boulangerie, mais la proximité de Randall dans cette petite réserve rendait la concentration difficile.

— Es-tu sûre que cette recette est correcte ? La pâte semble un peu... collante, dit Randall, fronçant les sourcils d'un air inquiet.

— Fais-moi confiance, elle est parfaite, le rassura Aurora, un léger sourire étirant le coin de ses lèvres. C'est supposé être comme ça.

— Bon, si tu le dis..., soupira Randall.

Elle aimait à quel point il se montrait protecteur envers elle et la boulangerie, jusqu'au mélange des ingrédients avant qu'elle ne finisse de cuire quoi que ce soit.

Aurora essayait d'ignorer la chaleur

qui semblait émaner de son corps chaque fois qu'il se rapprochait. Elle ne pouvait s'empêcher de lui jeter des regards en coin, admirant la façon dont ses bras musclés ressortaient dans les manches retroussées de sa chemise à carreaux.

— Y a-t-il quelque chose sur mon visage ? la taquina Randall, l'ayant une fois de plus surprise en train de le regarder.

Prise au dépourvu, Aurora laissa échapper un rire nerveux.

— Euh, non ! Désolée, j'étais perdue dans mes pensées, mentit-elle, les joues rosissantes de gêne.

— Vraiment ? À quoi pensais-tu ? demanda-t-il en se rapprochant d'elle, une lueur coquine et espiègle dans les yeux.

— À rien d'important, marmonna Aurora, le cœur battant dans sa poitrine tandis que leurs regards se croisaient à nouveau. L'air entre eux semblait crépiter de tension, une force indéniable les attirant l'un vers l'autre.

— Tu en es sûre ? insista Randall d'une voix rauque et basse en se penchant, ses doigts repoussant délicatement une mèche rebelle derrière son oreille.

— Randall, je..., commença Aurora, mais ses mots furent engloutis lorsque leurs lèvres se rencontrèrent enfin dans le baiser brûlant qu'elle avait tant désiré.

Le monde autour d'eux sembla disparaître tandis qu'ils se perdaient dans cette soudaine passion, leurs mains parcourant frénétiquement le corps de l'autre comme pour en mémoriser chaque courbe.

Aurora eut l'impression qu'un feu s'était allumé en elle, la chaleur des caresses de Randall envoyant des frissons brûlants le long de son échine et affaiblissant ses genoux. Ses lèvres bougeaient contre les siennes avec un désir qu'elle n'avait jamais connu auparavant, la laissant haletante et en redemandant.

Pour Randall, le goût des lèvres

d'Aurora était comme un baume sur son âme meurtrie, le remplissant d'une chaleur et d'une lumière dont il ne s'était pas rendu compte qu'elles lui manquaient. Ses doux gémissements ne faisaient qu'attiser les flammes de son désir, le rendant presque incapable de réfléchir correctement.

Alors qu'ils rompaient le baiser à contrecœur, haletants tous deux, les yeux d'Aurora brillaient d'un mélange d'excitation et d'incertitude.

— Que crois-tu être en train de faire, Monsieur Bûcheron Grincheux ? le taquina-t-elle, sa voix à peine plus haute qu'un murmure.

— Quelque chose que j'aurais dû faire depuis longtemps, répondit-il en lui souriant, son regard bleu perçant ne la quittant pas.

— Eh bien, dans ce cas, ne te gêne pas, dit-elle en gloussant d'excitation.

CHAPITRE TRENTE-SEPT

La tension entre eux était palpable. Aurora n'était pas sûre de ce qui s'était emparé d'elle à ce moment-là, mais elle désirait tellement plus. Il faut le reconnaître, Randall semblait plus que ravi de lui donner tout ce qu'elle désirait, lui aussi.

Ils se regardaient dans les yeux, laissant enfin libre cours à l'ardent désir qu'ils avaient tous deux essayé si durement de cacher après qu'il eut couvé sous la surface pendant si longtemps.

— Aurora, j'en ai besoin, dit Randall,

son regard ne se détachant pas du sien. J'ai besoin de toi. Est-ce que je peux ?

Elle déglutit péniblement, levant les yeux vers son bûcheron grincheux, sachant qu'ils avaient besoin de la même chose à cet instant.

— Oui, dit-elle, le mot sortant dans un souffle tandis qu'il la soulevait dans ses bras avant qu'elle ait fini de parler.

Randall la serra contre lui, ses mains empoignant ses fesses, la tenant fermement. Il la porta jusqu'à une partie inutilisée de la réserve. Sans rien pour les gêner, sans risque de faire des dégâts, il la déposa sur une table de travail vide.

Elle commença par son chemisier à carreaux, le déboutonnant lentement du haut vers le bas, un bouton à la fois. Tandis qu'elle glissait ses paumes à l'intérieur de sa chemise, elle admira son torse musclé de ses mains.

Avant qu'ils ne s'en rendent compte, ils s'embrassaient à nouveau. Frénétiquement, avec une passion débridée, leurs lèvres s'écrasaient l'une contre l'autre, et ils arrachaient leurs vêtements, les envoyant valdinguer sur le sol sans s'en soucier. Aurora agrippa sa chemise, la tirant vers le bas. Elle se débattit un instant avec ses manches retroussées avant de finalement lui retirer sa chemise. Randall commença par son pantalon, défaisant le bouton et la fermeture éclair tandis qu'elle s'attaquait à sa chemise. Puis il lui ôta sa chemise, ses chaussures, son pantalon, et enfin ses chaussures à elle.

Aurora était assise là, nue, ses seins à peine couverts par son soutien-gorge. Sa culotte n'était rien de plus qu'un obstacle mineur face à ce que son séduisant bûcheron avait à offrir. Elle déglutit, avalant difficilement alors qu'elle contemplait ce qui reposait entre ses jambes.

Dur, fort, palpitant et déterminé à non seulement faire le travail, mais aussi à le terminer. C'était tout ce qu'était Randall et elle savait qu'il ne la décevrait jamais avec ça non plus.

— Si tu n'es pas prête, on peut s'arrêter, grogna Randall, sa voix grave, un grognement sensuel s'échappant de ses lèvres.

— Je t'en prie, répondit Aurora sans hésiter. Je veux le faire.

Randall enfonça ses doigts dans la ceinture de son dernier obstacle, faisant glisser sa culotte le long de ses jambes et la laissant tomber sur le sol autour de ses chevilles. Se rapprochant d'elle, la serrant contre lui alors qu'elle était assise au bord de l'établi, Randall s'aligna parfaitement avec son corps. Tenant son érection pour la maintenir stable, il la pénétra lentement.

Aurora haleta lorsqu'il la remplit, son corps cédant à tout ce qu'elle avait voulu et désiré depuis qu'elle l'avait rencontré pour la première fois. Randall s'enfonça en elle, pouce par pouce, la laissant s'habituer à son bois dur et palpitant. Une fois qu'ils furent complètement unis, leurs corps se joignant comme s'ils n'en formaient qu'un, ils se permirent enfin de sourire.

— Je le veux, dit Aurora en l'embrassant tendrement. Un sourire comme un rayon de soleil se dessina sur ses lèvres alors qu'elle plongeait son regard dans ses yeux bleus perçants. Randall, tu ne sais pas depuis combien de temps je voulais faire ça.

— Je crois que je sais, répondit Randall, sa grimace renfrognée habituelle remplacée par un sourire plus léger. Moi aussi je voulais le faire depuis aussi longtemps.

Il lui fit l'amour, là, à cet instant, tous les deux se serrant étroitement l'un contre l'autre, leurs lèvres pressées ensemble dans une passion désespérée et brûlante. Aurora haleta et cria son nom, le suppliant de la libérer. Randall la pénétra durement, la poussant jusqu'à ses limites, puis au-delà, jusqu'à ce qu'elle atteigne le sommet de l'extase.

Lorsqu'ils eurent terminé, encore haletants et se tenant l'un l'autre dans leurs bras, ils surent tous les deux qu'ils avaient enfin trouvé un autre morceau de bonheur ensemble.

CHAPITRE TRENTE-HUIT

près que leurs lèvres se soient finalement séparées, les vêtements éparpillés sur le sol de la boulangerie, la sueur perlant sur leurs corps, le cœur battant à tout rompre suite à ce qui venait de se passer, Aurora et Randall ouvrirent les yeux pour se regarder l'un l'autre.

La réserve de la boulangerie semblait reprendre vie, l'arôme épicé de la cannelle et du sucre flottant dans l'air, contrastant radicalement avec l'intensité de leurs ébats amoureux.

— Waouh, souffla Aurora, les joues rosies par le désir, cherchant dans les yeux de Randall le moindre signe de regret ou de doute.

— Waouh en effet, approuva-t-il d'une voix grave et rauque comme le toucher rugueux de ses mains fortes qui caressaient encore son visage. Il sourit, les yeux plissés aux coins, révélant une chaleur et une affection sincères. — Je n'ai jamais rien ressenti d'aussi fort auparavant.

— Moi non plus, dit Aurora, ses doigts traçant des arabesques sur le torse musclé de Randall. — C'était... incroyable. Est-ce fou de te demander si on pourrait recommencer, et ce, à de nombreuses reprises ?

— Non, répondit Randall, son pouce effleurant la lèvre inférieure d'Aurora. — Parfois, un peu de folie est exactement ce dont nous avons besoin.

Aurora hésita un instant, son esprit tournant à plein régime tandis qu'elle considérait les implications de leur moment de passion spontanée. — Randall, sommes-nous... Je veux dire, que signifie cela pour nous ? Pouvons-nous faire en sorte que cela fonctionne ?

Sa voix tremblait de vulnérabilité, mettant à nu ses peurs les plus profondes. Elle ne voulait pas d'une aventure éphémère ou d'une relation sans lendemain. Elle avait besoin de tellement plus de la part de son bûcheron grincheux.

— Je veux que cela fonctionne, dit-il doucement, repoussant une mèche rebelle derrière son oreille. — Nous avons peut-être mal commencé, mais je pense qu'il y a plus entre nous que ce qu'on croit. Et si tu es prête à me donner une chance, qui sait ce qui pourrait arriver ?

— Es-*tu* prêt à prendre ce risque ? demanda Aurora, ses doigts s'accrochant au tissu de la chemise à carreaux de Randall, comme pour s'assurer qu'il ne disparaîtrait pas tel un rêve une fois que la réalité reprendrait ses droits.

— Absolument, répondit Randall sans hésiter, son regard ne se dérobant pas. J'ai passé trop de temps à me cacher du monde et de mes propres sentiments. Tu me donnes envie d'être un homme meilleur, Aurora. Et je ne peux imaginer personne d'autre avec qui je préférerais entreprendre ce voyage.

Le cœur d'Aurora se gonfla de désir et de gratitude, son inquiétude momentanément éclipsée par la chaleur des paroles de Randall.

— Merci, murmura-t-elle, ayant l'impression qu'un lourd fardeau avait été soulevé de ses épaules. Moi aussi, je suis prête à tenter ma chance.

— Bien, dit-il en se penchant pour déposer un baiser doux et tendre sur son front. Maintenant, remettons-nous au travail. Cette boulangerie ne va pas se gérer toute seule.

Aurora ne put s'empêcher de rire

devant ce brusque changement de ton —
passant d'émotions intenses et d'une
connexion physique à des considérations
pratiques. Ils retrouvèrent leurs
vêtements, rirent en s'aidant
mutuellement à se rhabiller lentement,
puis reprirent la tâche à accomplir.

Elle avait encore l'ouverture d'une
boulangerie à terminer !

CHAPITRE TRENTE-NEUF

Alors qu'Aurora et Randall travaillaient ensemble à la boulangerie, une nouvelle intimité était née entre eux. L'air semblait crépiter d'une attirance indéniable quand leurs mains se frôlaient en pétrissant la pâte, en mélangeant les préparations ou en décorant les gâteaux. Chaque contact était une promesse muette, un secret partagé entre eux seuls.

— Hé, Randall, dit Aurora d'un ton espiègle en lui envoyant une pincée de farine sur son visage barbu, tu en as raté un peu.

Il rit et l'essuya, ses yeux brillant de désir.

— Ah oui ? répondit-il, taquin.

D'un geste vif, il étala un doigt de glaçage à la crème sur sa joue.

— Randall ! s'exclama-t-elle en feignant l'indignation, mais son rire trahit son amusement. Tu vas me le payer.

— J'ai hâte de voir ça, répliqua-t-il avec un sourire diabolique.

Leur complicité était toujours aussi facile, ce dont elle s'était inquiétée après qu'ils aient fait l'amour. Dans ces moments volés, lorsqu'ils oubliaient le monde extérieur, tout était parfait.

Cependant, leur bulle de bonheur était vouée à éclater lorsque Madame Wilkins, la propriétaire revêche de la boulangerie rivale, apprit ce qui se tramait entre eux. Elle avait toujours vu en Aurora une menace pour son propre commerce, et saisit cette occasion pour semer la discorde dans la petite ville de Love Springs.

— Avez-vous entendu parler de la jeune Mademoiselle Sinclair et de ce malheureux bûcheron ? chuchota Madame Wilkins à une cliente, avec un air méprisant. Il semblerait qu'ils aient *des relations* derrière les portes closes de la boulangerie. C'est vraiment scandaleux. Je n'arrive pas à croire qu'il profite ainsi de cette pauvre fille.

La rumeur se propagea comme une trainée de poudre dans Love Springs, alimentée par les sombres intentions de Madame Wilkins. Bientôt, des murmures suivirent Aurora et Randall partout où ils allaient, leur nouvelle relation menacée par le jugement des habitants.

— Randall, tu crois qu'on devrait... Je ne sais pas, peut-être rester plus professionnels quand tu es ici ? Le temps que les commérages retombent ?

Il la regarda tristement, comprenant son inquiétude mais réticent à laisser tomber la relation qu'ils construisaient ensemble. — Si c'est ce que tu veux, Aurora, je le ferai. Mais n'oublie pas que quoi que disent les autres, cela ne change rien à ce que je ressens pour toi.

Tandis qu'ils finalisaient les dernières préparations avant l'ouverture officielle de sa boulangerie, une tension emplissait l'air. La chaleur qui avait autrefois empli leurs échanges avait cédé la place au doute et à l'incertitude.

Aurora le voulait, elle le voulait vraiment, mais elle ne savait pas comment trouver l'amour auprès de l'homme qu'elle désirait tout en réalisant son rêve d'ouvrir sa boulangerie.

— Qu'aurais-tu fait, Oncle Jim ? se demanda-t-elle.

CHAPITRE QUARANTE

Aurora a claqué la porte de derrière de la boulangerie, les joues rougies de colère tandis qu'elle s'avançait d'un pas vif vers Randall, qui l'aidait soigneusement à empiler des miches de pain sur une étagère pour la grande ouverture. Ses mains tremblaient à cause de la frustration qui grandissait en elle.

— Peux-tu croire ce que cette femme a dit ? a presque crié Aurora, levant les mains au ciel. C'est tellement exaspérant !

Randall a grimacé et jeté un coup d'œil

autour d'eux pour s'assurer que personne d'autre n'avait erré dans la boulangerie pour y jeter un coup d'œil avant le grand jour.

Il a soupiré en reposant la miche qu'il tenait. — Je sais, Aurora. Mais nous ne pouvons pas laisser Madame Wilkins nous atteindre.

— Facile à dire pour toi, a-t-elle bougonné, croisant les bras sur sa poitrine et foudroyant du regard une baguette d'un air particulièrement innocent. Ce n'est pas toi qu'on traite de naïve et d'improfessionnelle.

— Hé, a dit Randall en s'approchant et en posant une main réconfortante sur son épaule. Tu sais bien que ce n'est pas vrai, n'est-ce pas ? Tu es une boulangère formidable. Ne laisse pas ses mots t'atteindre.

Le regard d'Aurora s'est adouci lorsqu'elle a croisé le sien, ressentant la chaleur familière qui semblait toujours émaner de lui.

Elle a lâché un souffle tremblant. — Mais si ça affecte la boulangerie ? Et si les gens ne veulent pas venir parce qu'ils croient à ses mensonges ?

— Alors nous leur prouverons le contraire, a affirmé Randall avec fermeté. Nous rendrons cet endroit tellement incroyable que personne ne pourra nier ton talent et ton dévouement. Nous leur montrerons ce que nous représentons l'un pour l'autre.

Elle ne pouvait s'empêcher de sourire face à sa détermination, son cœur rempli de gratitude. Mais sous la surface, le doute persistait — le doute que leur amour ne s'effondre sous le poids du jugement et des ragots.

— Merci, Randall, a-t-elle murmuré, la voix épaissie par l'émotion.

— Je suis là pour toi, Aurora. N'oublie pas que quoi qu'il arrive, nous l'affronterons ensemble. Je te le promets.

CHAPITRE QUARANTE-ET-UN

Aurora entra dans les locaux de la Love Springs Gazette, ses cheveux rebondissant à chacun de ses pas confiants. La petite ville poussiéreuse bourdonnait de ragots. Elle savait que pour que sa boulangerie soit un succès, elle devait affronter les rumeurs de front.

— As-tu entendu qu'Aurora utilise les vieilles recettes familiales de son oncle ? On dit que ces recettes sont maudites ! chuchota Missy Jenkins à son amie en passant devant le bâtiment, ce qui fit grincer des dents Aurora, frustrée.

Elle savait mieux que de se laisser ennuyer par des commérages oisifs, mais c'était difficile quand sa réputation avec Randall était en jeu.

— Excusez-moi, dit Aurora à la réceptionniste de la Gazette. Je dois parler à votre rédacteur en chef de l'événement de mon grand ouverture.

— Ah, oui, répondit la femme derrière le comptoir en regardant Aurora d'un air curieux. Vous devez être celle qui fait équipe avec Randall Woods. Vous formerez un couple plutôt intéressant tous les deux.

— Merci, dit Aurora en serrant les dents, déterminée à ne pas laisser les rumeurs de la ville l'atteindre. Maintenant, pour l'événement...

Plus tard dans la soirée, Aurora et Randall étaient assis à la table de la cuisine de l'appartement d'Aurora, examinant les plans pour sa boulangerie. Malgré les rumeurs qui les entouraient, ils étaient tous deux inébranlables dans leur détermination à faire de la boulangerie un succès.

— Écoute Randall, dit Aurora en le regardant droit dans les yeux. Je sais qu'il y a beaucoup de rumeurs qui circulent sur nous et sur la boulangerie. Mais nous ne pouvons pas laisser cela nous empêcher d'atteindre notre objectif.

Randall la fixa en retour, ses yeux s'adoucissant un instant. — Je me moque complètement de ce que les gens pensent de moi, Aurora. Je veux juste m'assurer que tout cela ne t'atteint pas.

— Merci, dit-elle avec un sourire qui pourrait faire fondre les cœurs les plus froids, même celui d'un certain bûcheron grincheux. Mais je ne vais pas laisser ces bêtes rumeurs tout gâcher pour nous.

— Bien, dit Randall, un rare et authentique sourire illuminant ses lèvres. Alors, au travail.

Déterminés à surmonter les commérages, Aurora et Randall décidèrent d'organiser une dernière dégustation spéciale pour les membres éminents de la communauté. Ils savaient que s'ils pouvaient conquérir ces personnes influentes, les chuchotements et les doutes cesseraient.

— Merci à tous d'être venus, annonça Aurora tandis qu'elle se tenait devant la petite foule dans sa boulangerie, Randall à ses côtés. Nous voulions vous donner un avant-goût de ce que nous avons à offrir à Love Springs, et nous espérons que vous apprécierez nos délicieuses pâtisseries. Randall a été un aide incroyable en goûtant toutes mes pâtisseries et je n'aurais pas pu y arriver sans lui. Je voulais partager un peu de cela avec vous avant le grand jour.

Tandis que les invités dégustaient ses pâtisseries, Aurora les observait nerveusement, espérant voir l'approbation sur leurs visages. Lorsque la mairesse Martha prit une bouchée de strudel aux pommes et laissa échapper un gémissement de satisfaction, Aurora sut qu'elles avaient franchi une étape importante pour surmonter les commérages qui menaçaient leur boulangerie.

— Bien joué, Aurora, lui murmura Randall, une pointe de fierté dans la voix. Je pense que tu pourrais bien y arriver.

— Grâce à ton soutien et ton travail acharné, Randall, dit-elle, les yeux brillants de gratitude et d'affection.

Les rumeurs étaient une chose, mais la vérité — et la preuve — était dans le pudding. Heureusement, Aurora avait enfin terminé récemment sa recette parfaite de pudding au caramel collant et tout le monde était absolument ravi des résultats finaux à la fin de l'événement.

— Prends ça, Madame Wilkins ! pensa-t-elle.

CHAPITRE QUARANTE-DEUX

*A*urora s'essuya le front en sueur alors qu'elle et Randall soulevaient un autre sac de farine sur l'étagère. La boulangerie n'était qu'à quelques jours de son ouverture, et ils avaient travaillé sans relâche pour s'assurer que tout serait prêt pour les grands débuts d'Aurora.

— Bon, que reste-t-il sur notre liste ? demanda Aurora, les mains sur les hanches pendant qu'elle examinait la pièce.

L'odeur du pain fraîchement cuit et

des pâtisseries fourrées aux fruits embaumait l'air, résultat des longues heures qu'ils avaient passées à perfectionner les recettes.

— Voyons voir, dit Randall en sortant un papier froissé de sa poche. Il faut encore installer la deuxième vitrine et disposer les sièges et les tables.

— Ugh, c'est ton travail. Je redoute de devoir déplacer ce truc, grogna Aurora en désignant l'élégante vitrine en verre qui mettrait en valeur ses délicieuses créations, au premier plan.

Elle ne put s'empêcher de sourire en imaginant la réaction des habitants de la ville lorsqu'ils goûteraient ses nouvelles pâtisseries pour la première fois.

— Hé, si tu peux gérer les rumeurs qui circulent, tu peux certainement soulever un petit poids, dit Randall en lui faisant un clin d'œil, ses yeux bleus pétillants comme des étoiles dans le ciel nocturne. Je te faciliterai la tâche.

Il fléchit ses bras musculeux, faisant rougir Aurora.

— Très bien, d'accord, faisons-le, accepta-t-elle en essayant de ne pas glousser.

Ensemble, ils mirent la vitrine en place, leurs rires se mêlant au bruit de leur respiration haletante.

— Ouf ! C'était plus dur que je ne le pensais, dit Randall lorsqu'ils eurent terminé, s'essuyant le front. Mais elle est superbe à cet endroit, tu ne trouves pas ?

— Absolument, acquiesça Aurora en admirant leur travail. Maintenant, passons aux sièges.

Tandis qu'ils disposaient les tables et les chaises, Aurora ne put s'empêcher de ressentir une vague de fierté. Préparer la boulangerie pour son ouverture n'avait pas été une mince affaire, surtout avec les chuchotements et les commérages qui tentaient de la ruiner. Mais à chaque fois qu'ils rencontraient un défi, ils le relevaient ensemble, leur relation se renforçant avec chaque victoire partagée.

— Randall, je te suis tellement reconnaissante pour ton aide, dit Aurora alors qu'ils reculaient pour admirer l'espace cosy qu'ils avaient créé. Je n'aurais rien pu faire sans toi.

— Hé, nous sommes dans le même bateau, la rassura-t-il, sa voix chaude et stable comme un phare dans la nuit. Et il n'y a personne d'autre avec qui je préférerais faire ça.

— Moi non plus, approuva-t-elle, le cœur rempli de fierté et de quelque chose de plus fort qu'elle avait encore trop peur d'exprimer à haute voix.

CHAPITRE QUARANTE-TROIS

Le grand jour était enfin arrivé — l'ouverture de la boulangerie Les Délices de l'Amour. Aurora se tenait à l'intérieur, devant la porte d'entrée, les mains tremblantes d'excitation et de nervosité. Elle jeta un coup d'œil à l'horloge ; il était neuf heures précises. Randall serra sa main d'une poigne rassurante et ferme.

— Prête ? demanda-t-il, les yeux remplis de fierté et d'amour.

— Prête, répondit-elle en prenant une profonde inspiration.

D'un geste gracieux, Aurora déverrouilla la porte et l'ouvrit, dévoilant ainsi la boulangerie dans toute sa splendeur aux habitants de la ville impatients qui s'étaient rassemblés à l'extérieur. Les rayons dorés du soleil matinal traversaient les fenêtres, baignant la pièce d'une douce lueur chaleureuse.

— Bienvenue à la boulangerie Les Délices de l'Amour ! annonça Aurora d'une voix étonnamment posée. Je vous invite à entrer et à vous régaler !

Tandis que les premiers clients faisaient la file, Aurora et Randall échangèrent un regard entendu. Ils avaient mis leur cœur et leur âme dans cette boulangerie, surmontant tous les obstacles sur leur chemin.

Jusqu'à présent, elle avait craint que ce ne soit pas suffisant, mais au fond d'elle-même, elle savait que si. Et c'était grâce à lui, son bûcheron grincheux et séduisant.

CHAPITRE QUARANTE-QUATRE

Les rayons du soleil matinal illuminaient la boulangerie, répandant une lueur chaleureuse sur les clients dégustant les nouvelles créations délectables d'Aurora. Des rires emplissaient l'air, se mêlant aux arômes tentants de pâtisseries fraîches et de café en train d'infuser dans la machine que Karen lui avait prêtée. Aurora ne pouvait s'empêcher de pousser un soupir de soulagement en observant les réactions enthousiastes des habitants face à ses chefs-d'œuvre pâtissiers.

— Bon Dieu, c'est délicieux ! s'exclama Eleanor, l'historienne du village, savourant une bouchée béate d'un éclair. Je n'ai jamais rien goûté de pareil !

— Tu m'étonnes ? acquiesça Monsieur Harper, les yeux brillants de plaisir tandis qu'il dégustait une tarte aux noisettes et aux framboises. Tu as un véritable don, Aurora.

— Merci infiniment à tous les deux, répondit Aurora, les joues roses de fierté.

Elle jeta un regard vers Randall, qui observait ses interactions avec un doux sourire aux lèvres, leur ancienne animosité n'étant plus qu'un lointain souvenir.

— Quelqu'un a-t-il déjà goûté le Bûcheron Grincheux ? lança Randall en brandissant une assiette remplie de ces pâtisseries aux formes uniques.

La pâte dorée-brune était tressée en forme de petite hache, avec une croûte riche et feuilletée. Une généreuse coulée de caramel salé suintait de son centre, se mariant parfaitement avec les copeaux de chocolat noir saupoudrés sur le dessus.

C'était la fierté et la joie d'Aurora, la seule pâtisserie qui avait mis le plus de temps à maîtriser. Sans elle, elle ne pensait pas avoir pu faire un succès de l'ouverture de la vieille boulangerie de son oncle Jim.

— Le Bûcheron Grincheux ? demanda Eleanor en haussant un sourcil.

— Nommé d'après notre cher Randall ici présent, ajouta Aurora en le taquinant d'un coup de coude. C'est un parfait mélange de sucré et de salé, tout comme quelqu'un que nous connaissons tous.

— Oh, il faudra que j'en goûte un ! s'enthousiasma Monsieur Harper en se saisissant de la pâtisserie.

— Moi aussi, approuva Eleanor en essuyant une trace de chocolat sur son menton.

Tandis que les habitants se régalaient de la pâtisserie unique, Aurora observait attentivement leurs expressions, espérant que le Grognon le Bûcheron serait un succès. Pour sa plus grande joie, leurs yeux s'écarquillèrent de surprise et de plaisir, puis se plissèrent tandis qu'ils savouraient chaque bouchée.

— Randall, mon garçon, déclara Monsieur Harper. Tu as été immortalisé sous forme de pâtisserie ! Et c'est absolument délicieux !

— Incroyable ! approuva Eleanor, la voix étouffée par une bouchée de pâtisserie. Je n'ai jamais rien goûté de tel de toute ma vie. Et croyez-moi, j'en ai vu passer des années.

— Merci, répondit Randall en riant, les joues rougies par la gêne.

— Tu vois ? chuchota Aurora en rayonnant. Je t'avais dit que tout le monde l'adorerait.

Elle ne pouvait s'empêcher de ressentir un immense sentiment de joie et de gratitude en regardant autour d'elle la boulangerie animée, remplie de visages souriants et de clients satisfaits.

— Merci, Aurora, dit Randall, les yeux

brillants d'affection. Je ne pense pas que je me lasserai un jour de te voir aussi heureuse.

— Moi non plus, confia-t-elle, le cœur rempli d'amour. Et attends un peu - nous ne faisons que commencer !

Au fil de la journée, la petite ville de Love Springs continua d'affluer à la boulangerie, chaque personne repartant l'estomac bien rempli et une nouvelle appréciation pour le talent de pâtissière d'Aurora.

C'était tout ce qu'elle aurait pu demander.

CHAPITRE QUARANTE-CINQ

Après l'ouverture grandiose de la boulangerie, Aurora avait l'impression de marcher sur un nuage. Les habitants de Love Springs avaient accueilli sa boulangerie à bras ouverts, et chaque matin, une file d'impatients clients s'enroulait autour du pâté de maisons, attendant leur tour pour goûter ses nouvelles confiseries délectables.

— Racontez-moi encore comment vous avez eu l'idée de cette pâtisserie Le Bûcheron Grincheux, s'extasia Madame Evelyn, l'une des clientes les plus fidèles de la boulangerie, en croquant dans la croûte croustillante.

— C'est grâce à Randall, en fait, répondit Aurora en rayonnant. Il en a été l'inspiration — son apparence bourrue cache un cœur tendre comme un sucre.

Elle jeta un coup d'œil à Randall, occupé à réparer une étagère bancale derrière le comptoir. Il croisa son regard et leva les yeux au ciel de façon espiègle, mais elle aperçut une légère rougeur lui monter au cou.

— Ah, je vois, dit Madame Evelyn en soupirant rêveusement. C'est délicieux, en tous cas.

— Merci, Madame Evelyn, répondit-elle, les yeux rivés sur le corps musclé de Randall. Nous voulions créer quelque chose qui représente notre cheminement ensemble — surmonter les obstacles pour retrouver la douceur dans la vie.

— D'ailleurs, grogna Randall entre ses dents tout en luttant avec l'étagère, je crois que nous avons un autre défi sur les bras.

— Tu as besoin d'aide ? demanda Aurora en se dirigeant vers lui d'un pas nonchalant.

— Fais attention, mon cœur, la mit-il en garde, la sueur perlant sur son front. Ce truc est sur le point de céder.

— On ne pourrait pas le caler avec quelque chose par en-dessous ? suggéra-t-elle en étudiant la situation précaire.

— Peut-être si on coince quelque chose dessous, proposa Randall d'une voix tendue.

— Tiens, dit-elle en attrapant une cuillère en bois dans un pot à proximité. Essaie avec ça.

Ensemble, ils parvinrent à stabiliser l'étagère, évitant temporairement le désastre.

— Un travail d'équipe ! s'exclama Aurora en heurtant sa hanche contre la sienne.

— C'est une manière de le dire, dit Randall en riant, avant de passer un bras autour de sa taille et de déposer un rapide baiser sur son front.

— Hum hum, fit Madame Evelyn en s'éclaircissant la gorge, feignant d'être scandalisée mais incapable de dissimuler son sourire. Gardez ça pour après le travail, tous les deux ! Madame Wilkins va en faire tout un plat.

— C'est vrai, dit Aurora en levant les yeux au ciel et en gloussant, tout en se dégageant de l'étreinte de Randall.

— D'ailleurs, en parlant d'après le travail, chuchota-t-il à son oreille tandis qu'elle revenait vers le comptoir, n'oublie pas notre rendez-vous avec le four en panne ce soir. Je sais que tu ne veux pas t'en débarrasser si tu peux l'éviter, mais il ne tiendra plus très longtemps, Aurora.

— Ouh là, oui, soupira-t-elle. Encore un défi à relever, n'est-ce pas ?

— Je ne l'aurais pas autrement, répondit-il en lui adressant un clin d'œil complice.

CHAPITRE QUARANTE-SIX

Le soleil déclinait dans le ciel, jetant une chaude lueur dorée sur les fenêtres avant de la boulangerie Les Délices de l'Amour. À travers les vitres, les passants pouvaient voir l'activité animée à l'intérieur pendant qu'Aurora et Randall se préparaient pour une autre journée bien remplie.

— Randall, peux-tu vérifier le placard à provisions, s'il te plaît ? demanda Aurora, les mains couvertes de farine pendant qu'elle aplatissait la pâte pour ses célèbres roulés à la cannelle. Je crois que nous commençons à manquer de poudre à pâte.

— Bien sûr, répondit-il, les coins de ses yeux se plissant avec tendresse.

Tandis qu'il se dirigeait vers l'arrière, il ne put s'empêcher de jeter un coup d'œil rapide aux joues d'Aurora, couvertes de farine. Sa détermination était rien de moins qu'inspirante, et ne faisait que renforcer les sentiments qu'il éprouvait pour elle.

— Je l'ai trouvée ! s'exclama triomphalement Randall en brandissant un nouveau contenant de poudre à pâte.

— Ah, parfait ! Peux-tu me l'apporter, s'il te plaît ?

Il s'exécuta, le lui tendant soigneusement. Leurs doigts s'effleurèrent, envoyant une étincelle familière les traverser tous les deux. Malgré leur nouvelle connexion physique, très enthousiaste ces derniers temps,

Aurora rougit, baissant la tête pour cacher son sourire.

— Merci, marmonna-t-elle, le cœur battant la chamade.

— Bien sûr, dit-il d'une voix grave qui lui fit frémir l'échine.

— Hé, euh, Randall ? hésita Aurora en le regardant timidement à travers ses cils. Tu te souviens de notre premier rendez-vous ?

— Bien sûr, répondit-il sans hésiter. Comment pourrais-je oublier ? Nous avons été surpris par la pluie, et j'ai dû te porter jusqu'à la voiture parce que tu portais ces talons hauts ridicules.

— Hé ! s'exclama-t-elle en feignant l'offense. Ces talons étaient un cadeau de ma mère !

— Cadeau ou pas, ils étaient impraticables pour une promenade dans le parc, dit-il en la taquinant, un sourire aux lèvres devant son air indigné.

— Bon, d'accord, tu as raison,

grommela-t-elle en levant les yeux au ciel, mais secrètement ravie de leurs chamailleries. Mais sérieusement, merci d'être là pour moi. Je n'aurais jamais pu faire tout ça sans ton soutien.

— C'est réciproque, dit-il avec sincérité, son regard s'adoucissant d'affection. Tu as été mon rocher à travers tout ça aussi.

— Bonjour ! lança gaiement Aurora en s'essuyant les mains sur son tablier avant de se diriger vers le comptoir. Que puis-je faire pour vous aujourd'hui ?

— Tout a l'air délicieux, s'extasia la femme en lorgnant la vitrine remplie de pâtisseries alléchantes. Que nous recommandez-vous ?

— Bûcheron Grincheux ? interrogea l'homme en riant.

— C'est notre pâtisserie signature — une viennoiserie dorée et feuilletée en forme de hache, avec une généreuse garniture de caramel salé et des copeaux de chocolat noir, expliqua Aurora. Parfait pour vous réchauffer par une journée fraîche comme aujourd'hui.

— Ça a l'air délicieux, approuva la femme en commandant deux parts.

— Encore un client ravi, murmura-t-elle en serrant sa main.

CHAPITRE QUARANTE-SEPT

*L*es effluves de pain frais, de pâtisseries beurrées et de douceurs sucrées embaumaient l'air tandis qu'Aurora s'activait avec détermination derrière le comptoir, ses cheveux bruns foncés attachés en une queue de cheval lâche. Ses yeux pétillaient de résolution et son sourire ensoleillé ne se fanait jamais lorsqu'elle accueillait chaleureusement chaque client.

— Bonjour, Madame la Maire Martha, dit-elle gaiement en glissant une boîte de beignets glacés dans un sac en papier fraîchement plié. J'ai ajouté un beignet de plus rien que pour vous.

— Merci ma chère. Vous êtes trop gentille ! répondit la Maire Martha en souriant, serrant son sac contre sa poitrine tandis qu'elle se dirigeait vers la porte pour retourner à ses obligations officielles.

— La suite, s'il vous plaît ! lança Aurora, et un autre client s'avança pour passer commande.

Des conversations bourdonnaient dans la boulangerie, créant une chorale de rires, de bavardages amicaux et de moments de silence paisible où chacun savourait ses délicieuses pâtisseries.

Au fil des jours, la popularité de la boulangerie ne cessait de croître, avec de plus en plus de clients faisant la queue chaque matin devant les portes. Aurora était ravie, mettant toute son énergie et son amour dans la création de nouvelles recettes et veillant à ce que tous ceux qui franchissaient les portes de la Boulangerie Les Délices d'Amour repartent l'estomac bien rempli et le cœur léger.

Pourtant, Randall, l'homme robuste aux yeux bleus perçants, se sentait de plus en plus stressé et anxieux face à l'afflux de clients. Bien qu'attiré dès le départ par la ténacité et la chaleur d'Aurora, il ne pouvait s'empêcher de se sentir étouffé par l'attention incessante que suscitait le succès de la boulangerie.

— Randall, peux-tu m'apporter un autre plateau de croissants ? lui demanda Aurora avec excitation, alors qu'il passait pour l'aider pendant la ruée matinale.

— Bien sûr, grogna-t-il, sa barbe hérissée, tandis qu'il disparaissait dans la cuisine.

— Tout va bien, Randall ? s'enquit Aurora d'un air concerné lorsqu'il revint.

— Ça va. C'est juste qu'on est débordés, répondit-il d'une voix bourrue, évitant son regard pour se concentrer sur la réparation d'un clou desserré dans la vitrine.

— Merci pour ton aide précieuse, dit Aurora avec un doux sourire, posant brièvement sa main sur son bras. Ça compte beaucoup pour moi quand tu passes.

Mais tout ce à quoi Randall pouvait penser, c'était à la manière dont ses doutes semblaient se refermer sur lui, telles les parois d'une pièce qui rétrécissait, le piégeant sans issue. Il voulait être avec Aurora plus qu'il ne pourrait jamais l'admettre, mais il ne voulait pas non plus entraver son activité de boulangerie.

Et à mesure que les files d'attente s'allongeaient chaque matin et qu'Aurora devenait de plus en plus débordée, il avait parfois l'impression de n'être que de trop.

CHAPITRE QUARANTE-HUIT

andall se tenait derrière le comptoir de la boulangerie, ayant accepté à contrecœur d'aider, des perles de sueur perlant sur son front et humidifiant sa barbe alors qu'il essayait de suivre le rythme du flot régulier de clients. Une goutte de sueur coula le long de son front tandis qu'il tendait un sac de pâtisseries à un client et lui adressa un sourire forcé.

— Voilà pour vous, dit Randall en essayant de paraître jovial malgré l'étau qui lui serrait la poitrine. Savourez.

— Merci ! dit le client en lui lançant un large sourire avant de s'écarter pour laisser passer le suivant.

— Randall, peux-tu me passer d'autres cookies aux pépites de chocolat ? demanda Aurora d'une voix tendue mais toujours enjouée tandis qu'elle jonglait avec de multiples tâches.

— Bien sûr, marmonna-t-il en allant rapidement chercher un plateau à l'arrière-boutique pour le déposer sur le comptoir.

Tout en remplissant la vitrine, il ne pouvait s'empêcher de remarquer la façon dont les clients semblaient le scruter, leurs regards s'attardant un peu trop longtemps. C'était comme s'ils pouvaient regarder directement dans les recoins les plus sombres de son âme, ceux qu'il s'était battu pour cacher avant de rencontrer Aurora. Cette pensée le faisait se sentir exposé, vulnérable, et il se retrouvait inconsciemment à reculer derrière le comptoir, loin de leurs regards inquisiteurs.

— Randall, tout va bien ? demanda Aurora, une réelle inquiétude perçant dans sa voix lorsqu'elle remarqua son trouble.

— Ça va, juste... fatigué, mentit-il, tortillant le bord de son tablier emprunté tandis qu'il regardait autour de la salle, désespéré de trouver une issue.

Mais il n'y avait nulle part où aller, aucun moyen d'échapper à l'anxiété qui menaçait de le submerger. Il pouvait sentir la force de leurs regards, les jugements qu'ils portaient sans un mot, et cela lui nouait l'estomac d'angoisse.

— Randall, ne t'inquiète pas de ce que les gens pensent, dit Aurora en lui offrant un sourire qui réchauffa son cœur. Tu fais un travail incroyable, et je suis reconnaissante que tu sois là pour m'aider.

— Merci Aurora, répondit-il, sa voix à peine audible par-dessus le brouhaha de la boulangerie.

Il essayait de croire ses paroles, de les laisser apaiser le nœud de peur serré dans sa poitrine, mais c'était une lutte. Les fantômes de son passé, ses anciennes tendances solitaires et son isolement dans les bois, planaient au-dessus de lui, un spectre qui refusait d'être banni, peu importe à quel point il essayait.

— Hé, tu veux prendre une pause de quinze minutes ? demanda Aurora, touchant doucement sa main. Je peux gérer les choses ici un moment.

— Ouais... c'est peut-être une bonne idée, approuva Randall, ses yeux se tournant vers la porte comme si le salut se trouvait juste de l'autre côté.

Alors qu'il sortait prendre l'air frais, il ne pouvait s'empêcher de se demander s'il pourrait vraiment un jour laisser son passé derrière lui – ou si celui-ci se dresserait à jamais entre lui et la vie qu'il voulait construire avec Aurora.

CHAPITRE QUARANTE-NEUF

Randall se promenait à l'extérieur de la boulangerie, le cœur battant à tout rompre dans sa poitrine. La brise fraîche lui apportait un peu de réconfort, mais son esprit ne cessait de tourner. Dans un effort pour retrouver son calme, il ferma les yeux et prit une profonde inspiration. Un souvenir douloureux ne tarda pas à refaire surface, aussi vivace que le jour où il s'était produit.

— Randall, tu n'es qu'un raté ! Tu ne

réussiras jamais rien ! retentit la voix de son père à travers les couloirs de la maison de son enfance.

La brûlure du rejet s'était incrustée dans son âme, façonnant une peur qui le hantait depuis. C'était pour cette raison qu'il était parti de chez lui pendant quelques années. Il n'en avait jamais parlé à Aurora. Il n'était revenu à Love Springs qu'après la mort de son père. Il avait toujours été déterminé à prouver que celui-ci avait tort, mais malgré tous ses succès, une incertitude lancinante demeurait.

— Hé, tout va bien ? demanda Aurora en sortant un instant de la boulangerie, sa douce voix ramenant Randall au présent.

Elle semblait sincèrement inquiète, ce qui fit ressentir à Randall un pincement de culpabilité de ne pas pouvoir partager son fardeau avec elle. Il ne voulait pas gâcher la joie qu'elle éprouvait après avoir enfin ouvert sa nouvelle boulangerie.

— Oui, je vais bien, dit-il en forçant un

sourire. Des allergies, probablement. J'avais juste besoin de prendre un peu l'air frais.

— D'accord, dit-elle, manifestement pas convaincue. Mais si tu veux en parler, je suis là.

— Merci, répondit Randall, le cœur serré à la pensée de combien il aurait aimé se confier à elle. Il ne pouvait s'empêcher de sentir les murs qu'il avait érigés autour de lui se refermer, rendant sa respiration de plus en plus difficile.

— Allez, rentrons avant que les clients ne se mettent à faire une émeute, plaisanta Aurora, essayant de détendre l'atmosphère.

Mais lorsqu'ils retournèrent ensemble à la boulangerie, Randall ne put se défaire du sentiment qu'il la retenait.

Dans les jours qui suivirent, Randall se surprit à éviter toute forme d'intimité avec Aurora. Il craignait que si elle découvrait son passé, elle le verrait comme l'échec que son père croyait qu'il était. L'idée de

perdre son respect – ou pire, son amour –
le terrifiait plus que tout au monde.

— Randall, tout va bien entre nous ?
demanda Aurora un jour après avoir
fermé la boulangerie. Tu es si distant ces
derniers temps.

— Euh, ouais, bafouilla Randall en
évitant son regard. Je suis juste fatigué,
j'imagine.

— D'accord, mais si quelque chose te
tracasse, parle-m'en s'il te plaît, dit-elle
d'un ton suppliant, ses yeux scrutant les
siens à la recherche du moindre signe de
ce qu'il ressentait.

— Ouais, bien sûr, répondit-il
faiblement, chaque fibre de son être lui
criant d'ouvrir son cœur à Aurora.

Mais aussi fort qu'il le voulait, sa peur
du rejet était trop grande.

Au fil des jours, la distance entre eux
ne fit que grandir. Leur aisance à
plaisanter autrefois n'était plus que forcée,
et la chaleur qui s'était épanouie entre eux
semblait s'éteindre. Randall savait que s'il

ne trouvait pas un moyen d'affronter son passé et de laisser entrer Aurora, il la perdrait pour toujours.

Cette seule pensée suffisait à lui briser le cœur en un million de morceaux.

CHAPITRE CINQUANTE

Aurora se tenait derrière le comptoir de la boulangerie, les mains sur les hanches, son tablier vert saupoudré de farine. L'odeur de la cannelle et de la vanille emplissait l'air, titillant les cordes sensibles de Randall d'une manière à laquelle il ne pouvait plus résister. Il devait aborder l'éléphant dans la pièce – leur relation tendue.

— Randall, dit Aurora, en fronçant les sourcils tandis qu'elle l'examinait. Nous devons parler.

— Bien sûr, qu'est-ce qu'il y a ?

rétorqua Randall, s'efforçant de paraître décontracté alors qu'il essuyait ses paumes moites sur son jean.

— Regarde-moi, insista-t-elle, d'une voix douce mais ferme. À contrecœur, il croisa son regard chaleureux. Je peux voir que quelque chose te tracasse depuis des jours. Tu n'es plus toi-même, et ça nous affecte. Alors, s'il te plaît, dis-moi ce qui se passe.

Randall déglutit difficilement, sentant le poids de ses craintes peser sur lui. Sa poitrine se serrait à chaque battement de son cœur, mais il savait qu'il ne pouvait plus se cacher d'elle.

— D'accord, dit-il dans un lourd soupir, passant une main dans ses épais cheveux. Tu mérites de connaître la vérité.

— Je t'écoute, dit-elle en lui offrant un petit sourire encourageant.

— Enfant, mon père était... sévère, commença Randall, d'une voix légèrement tremblante. Il avait des attentes, et j'avais l'impression de ne jamais y arriver. Il me rabaissait constamment, me disant que je ne serais jamais rien.

L'expression d'Aurora s'adoucit, ses yeux se remplissant de peine tandis qu'elle tendait la main par-dessus le comptoir pour toucher la sienne. — Oh, Randall, je suis tellement désolée.

— Merci, marmonna-t-il, les joues rougies. Mais ce n'est pas tout. Quand je suis parti pendant quelques années, je me suis engagé dans une relation sérieuse. Nous – nous étions amoureux, ou du moins je le pensais. Il hésita, prenant une profonde inspiration avant de poursuivre. Jusqu'à ce qu'elle me quitte, disant que j'étais comme mon père.

— Randall, murmura Aurora, le cœur serré pour lui. Tu n'es pas comme ça. Tu es gentil et fort, et tu m'as tellement aidée, moi et cette boulangerie. Tu es tout ce que ton père disait que tu n'étais pas.

Il secoua la tête, retenant ses larmes. — C'est ça qui me fait peur, Aurora. J'ai terriblement peur de te décevoir ou de te perdre parce que tu découvriras que je ne suis pas celui que tu crois.

— Écoute-moi, dit-elle d'une voix ferme mais douce. Je me moque de ton passé, Randall. Ce qui compte pour moi, c'est l'homme que tu es maintenant, et celui que tu essaies de devenir. Nous avons tous nos démons, mais les affronter ensemble nous rend plus forts.

— Tu en es sûre ? demanda-t-il, plongeant son regard bleu dans le sien à la recherche du moindre doute.

— J'en suis sûre, affirma-t-elle avec un hochement de tête et un sourire. Alors s'il te plaît, laisse-moi entrer. Laisse-moi être là pour toi, comme tu l'as été pour moi.

CHAPITRE CINQUANTE-ET-UN

Aurora tendit la main et prit doucement celle rugueuse de Randall, la serrant d'une manière rassurante. Ses yeux étaient remplis d'amour et de compréhension tandis qu'elle écoutait attentivement chaque mot qu'il partageait sur son passé.

— Randall, dit-elle doucement, son pouce caressant le dos de sa main. Nous avons tous nos cicatrices, mais elles ne nous définissent pas. Tu m'as montré que tu n'es ni ton père ni ton passé. Tu es un homme formidable qui a tellement à donner.

Tout en parlant, Aurora se rapprocha, son regard plongé dans le sien. Sa sincérité était évidente dans sa façon de se tenir — épaules carrées, posture droite, dégageant une confiance en lui.

— Merci, Aurora, murmura-t-il, la voix chargée d'émotion. J'ai seulement... peur d'affronter ces vieux souvenirs et ces vieux sentiments. Et si je ne pouvais pas les surmonter ?

— Hé, dit-elle d'une voix joyeuse, un sourire espiègle sur le visage. Tu parles à la fille qui a transformé une boulangerie en faillite en l'endroit le plus populaire de la ville avec l'aide d'un bûcheron grincheux. Ensemble, nous pouvons tout faire, tu ne crois pas ?

Randall ne put s'empêcher de rire à ses mots, sentant une étincelle d'espoir s'allumer en lui. Il aimait comment Aurora arrivait à l'alléger, même quand ils abordaient les parties les plus sombres de sa vie.

— D'accord, dit-il, les coins de sa bouche se relevant en un petit sourire. Mais, pour que tu le saches, je ne suis pas *toujours* grincheux.

— Bien sûr que non, le taquina-t-elle, lui donnant un coup de coude espiègle. Seulement quand tu es réveillé.

— OK, dit-il en riant et en serrant sa main. Je vais le faire. J'affronterai mon passé pour nous.

Aurora lui sourit, les yeux brillants. — Merci d'avoir confiance en moi, Randall.

CHAPITRE CINQUANTE-DEUX

Quelques jours s'étaient écoulés depuis la conversation de Randall et Aurora à la boulangerie, et Randall se retrouvait à couper du bois devant sa cabane avec une détermination renouvelée. Le rythme régulier de sa hache fendant les bûches semblait l'aider à éclaircir son esprit, lui permettant de se concentrer sur ce qu'il devait faire.

— Hé, bûcheron ! lança Aurora en s'approchant de lui, un panier de produits frais sortis du four à la main. Je t'ai apporté de quoi te sustenter pour ta grande journée.

Randall s'interrompit au milieu de son mouvement, la regardant avec un soupçon d'amusement.

— Qu'est-ce qui rend cette journée différente ? demanda-t-il en essuyant la sueur de son front.

— Aujourd'hui, c'est le jour où tu commences à affronter ton passé et à te libérer de tout ce qui t'a retenu jusqu'à présent, répondit Aurora en posant le panier sur une souche d'arbre voisine. Tu te souviens ?

Il ne put s'empêcher de sourire face à son enthousiasme. Elle le rendait toujours heureux. — Ouais. Je me souviens.

— Bien, dit-elle en lui tendant un pain au chocolat, les yeux pétillants. Maintenant, mange. Tu auras besoin de toute l'énergie possible.

— Tu as l'intention de me remettre en

forme ou quoi ? taquina Randall en prenant une bouchée du pain au chocolat. Comme toujours, il était absolument délicieux.

— Peut-être, répondit Aurora d'un air espiègle en s'asseyant sur la souche d'arbre à côté du panier. Mais sérieusement Randall, je suis là pour te soutenir. Quoi que tu aies besoin, fais-le-moi savoir.

Alors qu'il finissait le pain au chocolat, Randall soupira et regarda au loin.

— Je dois admettre que j'ai peur, lui confia-t-il. Je ne sais pas ce que je vais découvrir en explorant mon passé. Je sais qui je veux être, et qui je veux être pour toi, mais il me faudra du temps pour y arriver.

Aurora lui prit la main et la serra de façon rassurante. — Tu es fort, Randall. Et tu n'es pas seul. Je serai là à chaque étape.

— Merci Aurora, dit-il doucement, plongeant son regard bleu dans le sien avec un mélange de gratitude et d'affection. Avec toi à mes côtés, j'ai l'impression de pouvoir tout accomplir.

— C'est exactement ce que je ressens quand tu es avec moi, lui dit-elle avec un large sourire sincère.

CHAPITRE CINQUANTE-TROIS

La place centrale de Love Springs était le cœur battant de la communauté, où les rues pavées convergeaient sous une voûte de vieux chênes. Des étals colorés bordaient les trottoirs, vendant une variété d'articles comme des fruits frais, des bibelots artisanaux et des bouquets parfumés embaumant l'air. Les habitants vaquaient à leurs occupations quotidiennes, les rires et la joie emplissaient l'espace, tandis que les enfants jouaient à chat perché autour de la fontaine centrale.

Lorsque Randall entra sur la place, il avança les épaules larges, son front plissé jetant une ombre sur ses yeux. Il vivait depuis des années une vie solitaire dans les bois à la sortie de la ville, se cachant, hanté par un passé dont il ne pouvait s'échapper. Sa barbe broussailleuse et ses cheveux en désordre ne faisaient que renforcer l'aura énigmatique qui l'entourait.

Il avait taillé sa barbe et coupé ses cheveux depuis sa rencontre avec Aurora, mais au fond de lui, il se sentait toujours le même. Il se sentait rude, perdu et isolé malgré son envie de s'intégrer ici.

— C'est Randall ? chuchota une femme à son amie, se couvrant la bouche d'une main tout en le désignant discrètement de l'autre.

— Chut, ne le regardez pas, répliqua son amie en détournant le regard, occupée par ses courses.

— N'y a-t-il pas quelque chose de

différent chez lui ? demanda la première femme, incapable de résister à l'envie de le regarder à nouveau.

— Peut-être, mais il vaut mieux rester en dehors de ses affaires. Vous savez comment il est.

Randall serra la mâchoire en entendant les chuchotements dans son dos. Il savait que certains parlaient de lui sans chercher à le connaître, mais cela ne le rendait pas plus facile à accepter. Avec un lourd soupir, il continua vers l'étal de marché vendant des outils, essayant d'ignorer les regards et les conversations murmurées.

— Bonjour Randall, le salua prudemment le vendeur, son sourire vacillant comme s'il appréhendait de donner la mauvaise impression au bûcheron bourru.

— Bonjour, grommela Randall en réponse. Il prit un petit marteau, en testa le poids dans sa main avant de le reposer. Combien pour celui-ci ?

— Euh... dix dollars, répondit l'homme en observant Randall attentivement.

Randall hocha la tête et sortit son portefeuille, tendit l'argent sans croiser son regard.

— Merci, dit-il.

Alors qu'il se retournait pour partir, il sentit les yeux du vendeur peser sur son dos, se demandant sans doute ce qu'était cet homme hanté qui vivait dans les bois.

— Prenez soin de vous, Randall, lança le vendeur, une sincère inquiétude dans la voix. Et dites bonjour à Aurora de ma part, voulez-vous ?

— Bien sûr, marmonna Randall, ses pensées tourbillonnant de frustration et de colère face au jugement constant des habitants.

Sans elle, il n'était pas sûr que la moitié de la ville lui adresserait la parole. Ils l'avaient accepté par le passé, quand il restait à l'écart, vivant seul dans les bois, mais maintenant, avec ses récentes visites chez Aurora et son aide à la boulangerie, les choses changeaient.

Il ne pouvait se défaire de l'impression qu'il n'était encore rien d'autre qu'un paria à leurs yeux, mais au fond de lui, il aspirait à l'acceptation – à une chance de rédemption.

CHAPITRE CINQUANTE-QUATRE

*J*uste au moment où Randall s'apprêtait à quitter l'échoppe du marché, un doux gloussement trancha l'atmosphère tendue telle une douce brise d'été. Il leva brusquement la tête, et là se tenait Aurora, sur la place du village avec ses cheveux bruns cascadant dans son dos, son sourire joyeux illuminant son visage tandis qu'elle conversait gaiement avec un groupe de personnes.

Une vague de chaleur déferla sur

Randall à sa vue, ses épaules affaissées se redressant inconsciemment. C'était comme si Aurora possédait un pouvoir magique qui lui faisait oublier ses soucis et ses insécurités dès qu'elle était près de lui.

— Eh, l'étranger ! lança-t-elle d'un ton espiègle tandis qu'il s'approchait, ses yeux pétillants de malice. On dirait que tu as besoin de te remonter le moral.

— C'est possible, répondit Randall, s'efforçant de ne pas sourire. Qu'est-ce qui te met de si bonne humeur aujourd'hui ?

— La vie, dit-elle en tournoyant joyeusement. Et les pâtisseries ! C'est une belle journée, le soleil brille, les affaires marchent à merveille à la boulangerie... Que demander de plus ?

— Tu marques un point, dit-il en riant, se laissant captiver par sa joie contagieuse.

— Allons, ne sois pas si grincheux ! le taquina Aurora en le bousculant doucement de l'épaule. Je suis sûre qu'il y a quelque chose dans ce monde qui peut te faire sourire aussi.

— En fait, dit Randall en hésitant, sentant un élan de courage monter en lui, il y a quelque chose.

— Vraiment ? demanda Aurora en haussant un sourcil, curieuse. Dis-moi tout, je t'en prie ?

— Très bien, répondit Randall en prenant une profonde inspiration, se préparant pour le moment qu'il avait à la fois redouté et attendu avec impatience. Il tendit la main, prit celle d'Aurora dans ses doigts rugueux et calleuses, et plongea son regard dans le sien. Aurora, je... je crois que je suis amoureux de toi.

Pendant un instant, la place du village se tut, le brouhaha des villageois remplacé par les battements du cœur de Randall à ses oreilles. Aurora le regarda, les yeux écarquillés de surprise, mais aussi autre chose — de l'espoir ?

— Randall, murmura-t-elle d'une voix à peine audible, tu le penses vraiment ?

— Chaque mot, répondit-il en sentant un poids se lever de sa poitrine alors qu'il révélait enfin ses véritables sentiments.

CHAPITRE CINQUANTE-CINQ

Les halètements et les murmures des villageois tourbillonnaient autour de Randall comme une soudaine bourrasque de vent, balayant la place du village, autrefois tranquille. Les expressions de surprise aux yeux écarquillés se transformaient rapidement en sourires ravis alors qu'ils prenaient conscience de la scène inattendue qui se déroulait sous leurs yeux.

— As-tu entendu ça ? chuchota une femme à son amie, à peine capable de contenir sa joie. Randall Woods est amoureux !

— Je n'aurais jamais cru vivre assez vieux pour voir ça, dit un homme âgé en riant et en secouant la tête d'incrédulité. Love Springs finissent par exercer leur magie sur tous, tôt ou tard.

Des acclamations joyeuses s'élevèrent de la foule, faisant écho dans les ruelles pavées et les étals colorés du marché. L'atmosphère était électrique, chargée de l'énergie d'une nouvelle acceptation et d'une joie retrouvée.

Au milieu des acclamations, les yeux d'Aurora se remplirent de larmes tandis qu'elle souriait à Randall. Son cœur était rempli de bonheur, de gratitude, et de quelque chose d'autre — un amour profond et indéniable qui égalait le sien.

— Randall, murmura-t-elle à bout de souffle, la voix tremblante. Je n'arrive pas à croire que tu aies dit ça... devant tout le monde.

— Moi non plus, dit-il en riant, un

mélange de soulagement et de vulnérabilité passant sur son visage. Mais c'est vrai. Je t'aime tellement, Aurora.

Sans hésiter, Aurora jeta ses bras autour du cou de Randall et l'embrassa fougueusement. Leurs lèvres se rencontrèrent avec une ferveur qui intensifia les acclamations des villageois.

— Il était temps, Randall ! cria quelqu'un dans la foule, déclenchant des rires et des hochements de tête approbateurs.

Alors qu'ils se séparaient, les joues de Randall se teintèrent d'une profonde nuance de rouge, et Aurora ne put s'empêcher de glousser devant sa gêne inhabituelle.

— Tu sais, le taquina-t-elle, ses yeux dansant de malice, tu es plutôt mignon quand tu es embarrassé.

— Ah, commence pas, grommela Randall, bien que l'étincelle dans ses yeux trahissait son amusement. J'ai fait suffisamment le pitre pour aujourd'hui.

— À peine, répliqua-t-elle d'une voix douce en tendant la main pour toucher son visage. Tu as été courageux, Randall. Et cela signifie plus pour moi que tu ne pourrais l'imaginer.

— Alors, je le referais mille fois de plus, lui dit-il, sa main robuste cueillant sa joue douce. Juste pour te voir sourire ainsi.

CHAPITRE CINQUANTE-SIX

Le jour suivant, le soleil brillait sur Love Springs lorsque Randall entra d'un pas assuré dans la boulangerie Les Délices de l'Amour. Aurora leva les yeux de la pâte qu'elle pétrissait, son regard s'illuminant à sa vue.

— Bonjour, dit-elle en souriant, les mains couvertes de farine. Je ne m'attendais pas à te voir si tôt.

— Je suis venu voir si tu avais besoin d'aide aujourd'hui, répondit-il en retroussant les manches de sa chemise en flanelle, dévoilant ses avant-bras musclés et puissants. Y a-t-il quelque chose en particulier que tu voudrais que je fasse ?

Aurora le détailla d'un long regard intensément intéressé avant de faire un signe de tête en direction de la pile de caisses en bois dans le coin. — Si tu pouvais, hum, m'aider à déplacer celles-ci dans la réserve... ce serait d'une grande aide.

— Considère que c'est comme si c'était fait, répondit-il avec un sourire, se dirigeant vers les caisses avec une ardeur renouvelée.

Randall était persuadé que ces caisses n'avaient rien à voir là-dedans, mais il ne voulait pas lui rendre la tâche trop facile. Il lui avait avoué son amour devant tout le monde et il voulait aussi l'entendre lui dire ce qu'elle ressentait.

Tandis que Randall s'affairait à la tâche, il découvrit bientôt exactement ce qu'elle voulait vraiment de lui.

Aurora le rejoignit dans la réserve alors qu'il posait la première caisse dans le coin. Elle ferma la porte derrière elle, tournant la clé pour plus de sûreté.

— Aurora ? demanda Randall en lui souriant.

— J'ai dix minutes avant que la minuterie du four ne sonne et que je doive sortir les roulés à la cannelle, répondit-elle.

— Oh ?

— *Mmm-hmm...*

CHAPITRE CINQUANTE-SEPT

Randall et Aurora se regardèrent, des sourires séducteurs similaires se dessinant sur leurs visages.

Il leur restait dix minutes avant que les petits pains cannelle ne soient cuits au four. En ce moment, dix minutes semblaient une éternité.

Ils s'enlacèrent, frénétiques, désespérés par le toucher de l'autre, leur amour, leur désir et leur besoin. Sans même s'en rendre compte, leurs vêtements tombèrent. Soudain, comme par magie, ils se retrouvèrent presque nus, au milieu de la réserve de la boulangerie. Leurs chemises, pantalons, chaussettes et souliers jonchaient le sol. Aurora détacha son soutien-gorge dans son dos, permettant ainsi à son bien-aimé bûcheron d'admirer tous les moindres centimètres nus de son corps.

Randall s'approcha, admirant sa beauté naturelle, avant de glisser ses doigts dans l'élastique de sa culotte et de la faire descendre jusqu'à ses genoux. C'était son dernier vêtement, la laissant ainsi complètement nue.

Se léchant les lèvres, humides et brillantes, il s'approcha encore plus près. Leurs corps se pressèrent l'un contre l'autre, la chaleur de leur amour les attirant comme des aimants. Randall entoura sa taille de ses bras, la serrant encore plus fort contre lui.

Sans prévenir, il la souleva. Aurora

laissa échapper un petit cri excité et enroula ses jambes autour de ses hanches. Elle noua ses bras autour de ses épaules et derrière sa nuque pour garder l'équilibre, mais elle savait qu'elle n'en avait pas besoin. Randall ne la laisserait jamais tomber. Randall ne laisserait jamais rien lui arriver.

Lentement, il la descendit un peu. Elle cligna des yeux au début, puis haleta bruyamment lorsqu'il aligna parfaitement leurs corps pour lui faire l'amour. Tandis qu'il la descendait, sa queue s'enfonça en elle. Randall se décala sur le côté, ses jambes musclées se fléchissant pour les rapprocher encore plus.

— Randall, murmura Aurora à son oreille, ses lèvres effleurant sa joue dans une douce caresse, je t'aime.

— Je t'aime tellement, Aurora, répondit Randall, les yeux rivés sur elle tandis qu'ils faisaient l'amour.

Aucun d'eux n'avait besoin de dire

plus à ce moment-là. Les mots n'étaient pas suffisants pour décrire l'amour qu'ils ressentaient l'un pour l'autre. À la place, ils se dirent à quel point ils s'aimaient avec leurs corps, leur étreinte, leur chaleur et leur passion. Randall la pénétra, la serrant dans ses bras musclés, la plaquant contre le mur. Aurora se resserra, bougeant avec lui, l'aidant à guider son corps exactement là où il devait être à cet instant précis.

Il ne leur fallut pas longtemps pour atteindre l'orgasme. À peine un instant.

— Randall ! cria-t-elle, si proche de la jouissance qu'elle pouvait la sentir au plus profond de son âme.

— Aurora, grogna Randall, la pénétrant profondément une dernière fois.

Ils succombèrent tous les deux à l'amour et à la passion qu'ils ressentaient l'un pour l'autre. Aurora gémit son amour pour lui, l'embrassant, tenant ses joues dans ses mains, lui disant à quel point il comptait pour elle. Randall la serra fort contre lui, lui montrant par sa force et le regard aimant dans ses yeux à quel point elle comptait pour lui.

Lorsqu'ils eurent fini de faire l'amour, il ne lui restait que deux minutes sur la minuterie de son four.

CHAPITRE CINQUANTE-HUIT

près leur moment de passion précipité avant que la minuterie de son four ne sonne, Aurora avoua avoir vraiment besoin que les caisses en bois soient aussi déplacées dans la réserve. Il eut un sourire narquois et l'aida à s'habiller, juste à temps pour sortir les petits pains à la cannelle du four lorsque la minuterie sonna. Randall reprit tranquillement ses vêtements pendant qu'Aurora s'occupait de ses pâtisseries, puis se remit au travail pour déplacer les caisses pour elle.

— Hé, Aurora ? lança Randall. C'était quelle farine que tu as utilisée, déjà ?

— De la farine tout usage non blanchie, dit-elle en étouffant un gloussement devant l'expression déconcertée sur son visage.

— Ah, c'est vrai, acquiesça-t-il en rougissant légèrement sous son regard amusé. Faire l'amour avec elle le laissait toujours désorienté pendant quelques minutes.

— Quand tu veux, dit-elle en gloussant, avant de se remettre à pétrir la pâte qu'elle travaillait avant leur interruption.

Alors qu'ils continuaient à travailler ensemble, Randall écoutait attentivement les instructions d'Aurora, offrant des suggestions utiles et posant des questions réfléchies sur son processus de cuisson. Cela lui réchauffait le cœur de le voir sincèrement intéressé par sa passion pour la pâtisserie. Elle se surprenait à tomber encore plus profondément amoureuse de lui à chaque moment qu'ils passaient ensemble.

— Randall, j'apprécie tellement ton aide, dit-elle en faisant une pause pour le regarder. Tu es incroyable.

Il haussa les épaules, laissant transparaître une pointe de sa vieille bougonnerie. — Je fais ce que je peux.

— Quand même, insista-t-elle, les yeux brillants de gratitude. Merci.

— Je ferais n'importe quoi pour toi, Aurora, dit-il, plongeant son regard bleu dans le sien.

Alors qu'ils échangeaient de doux sourires, la porte de la boulangerie s'ouvrit, officiellement ouverte pour la journée. Plusieurs habitants du village entrèrent, leurs expressions curieuses mais plus hostiles envers le bûcheron. Tandis que Randall se redressait, il était évident qu'ils avaient remarqué son changement d'attitude.

— Bonjour Randall, lança Monsieur Johnson, le propriétaire de la quincaillerie locale, en lui tendant la main. Ravi de te voir en ville ces jours-ci.

— Merci, Monsieur Johnson, dit Randall en lui serrant fermement la main. Je donne juste un coup de main à Aurora.

— Bien joué, renchérit Madame Mitchell, la bibliothécaire, lui adressant un signe approbateur de la tête. On vous encourageait tous les deux.

Un sentiment chaud et apaisant envahit Aurora tandis qu'elle observait les habitants interagir avec Randall, leur respect et leur admiration nouveaux évidents dans leurs voix et leurs gestes. Ils voyaient enfin l'homme qu'elle avait toujours connu sous ses airs bourrus — l'homme dont le cœur recelait des trésors d'amour à partager.

—Un nouveau départ, hein ? chuchota Randall à Aurora, passant un bras autour de sa taille tandis qu'ils se tenaient au milieu de la boulangerie animée.

— Oui ! Un nouveau départ ! approuva-t-elle en se blottissant dans ses bras, sachant qu'ensemble, ils pouvaient tout affronter.

CHAPITRE CINQUANTE-NEUF

Le soleil descendait bas dans le ciel, jetant une chaude lueur sur Love Springs tandis que des rires et de la musique emplissaient l'air. Une atmosphère de joie et de célébration avait envahi la place du village, où les habitants s'étaient rassemblés pour célébrer la transformation de Randall, passant d'un bûcheron grincheux à un homme amoureux.

— Aurora, j'ai quelque chose pour toi, chuchota Randall à son oreille, les poils rudes de sa barbe courte effleurant sa peau.

Il lui tendit une petite boîte joliment décorée, attachée par un ruban de satin.

— Une offrande de mon cœur, dit-il sincèrement.

Elle sourit, ouvrant soigneusement le cadeau.

À l'intérieur se trouvait une paire de boucles d'oreilles en bois finement sculptées, leurs délicats motifs de feuilles reflétant l'amour et le soin qu'il y avait apportés.

— Ouah, elles sont magnifiques, Randall, dit-elle d'une voix tendre et émerveillée. Je les chérirai toujours.

— Bien, dit-il en la serrant fort contre lui. Leurs corps se pressèrent l'un contre l'autre, ne laissant aucun espace pour que la plus légère brise ne puisse passer. Car elles vont avec le collier que je me suis fabriqué.

— Ah, donc nous serons liés pour

toujours ? murmura Aurora, son souffle chaud contre sa joue, ses mains puissantes posées sur ses hanches.

— Toujours et à jamais, promit-il, son cœur battant plus vite tandis que leurs lèvres se rencontraient dans un baiser passionné.

Comme sur un coup de sifflet, les habitants applaudirent et acclamèrent, partageant le bonheur du couple. Des tables remplies de nourriture et de boissons avaient été dressées, les effluves alléchantes de plats cuisinés maison flottant dans l'air. Des couples tournoyaient sur les pavés, leurs pieds suivant le rythme de la musique entraînante jouée par un orchestre improvisé.

— Tu arrives à y croire ? demanda Aurora, les yeux étincelants devant ce spectacle, émerveillée par l'amour et l'affection de leurs voisins autrefois sceptiques.

— Peut-être que l'amour a vraiment un pouvoir miraculeux, dit Randall, une once d'émerveillement dans la voix. Je crois qu'il est temps pour nous de nous joindre à la fête, qu'en dis-tu ?

— Mène la danse, mon bûcheron grincheux, dit Aurora en gloussant, le cœur rempli d'amour tandis que Randall lui prenait la main et l'entraînait sur la piste de danse.

Tandis qu'ils dansaient au milieu de la foule en liesse, leurs rires se mêlant aux doux sons des accordéons et des violons, Randall ne put s'empêcher de réfléchir au chemin parcouru. D'une vie solitaire dans les bois à avoir trouvé l'amour et l'acceptation au sein de la communauté soudée de Love Springs, il savait que ce n'était que le début d'un magnifique voyage avec la femme qui comptait plus que tout à ses yeux.

— À nous, Aurora. À notre amour et à notre avenir, chuchota-t-il à son oreille, ses mots à peine audibles par-dessus la musique et les rires.

— À nous ! chuchota-t-elle en retour, la voix emplie de bonheur.

CHAPITRE SOIXANTE

$\mathcal{L}$e soleil déclinait dans le ciel, projetant une douce lueur dorée sur la place du village, transformant celle-ci en une scène qui ressemblait à une vibrante peinture d'été. Les rues pavées, autrefois d'un gris terne, scintillaient désormais comme la surface d'un étang tranquille, reflétant la joie et les rires des habitants. Les étals du marché débordaient de fruits, de légumes colorés et de pâtisseries fraîchement cuites, certains provenant de la boulangerie Les Délices de l'Amour elle-même, dont les arômes alléchants flottaient dans l'air tandis que les gens bavardaient joyeusement entre eux.

Un groupe d'enfants se faufilait entre les adultes, jouant à un jeu de chat et riant aux éclats, les joues rougies d'avoir couru sous l'œil vigilant de leurs parents.

— Randall ! Tu dois absolument goûter ces beignets aux pommes, lança Karen en agitant un sac en papier dans les airs tandis qu'elle s'approchait. Madame Wilkins a finalement avoué sa défaite et a partagé sa recette secrète. Elle a dit qu'elle avait prévu de prendre sa retraite l'année prochaine de toute façon.

— La défaite n'a jamais eu un goût aussi doux, dit Randall en riant, acceptant la pâtisserie de Karen avec un signe de tête reconnaissant.

Il mordit dedans, savourant le parfait mélange de pommes acidulées, d'épices chaudes et de pâte croustillante. Il semblait que même les cœurs les plus obstinés pouvaient changer face au pouvoir de l'amour et de l'acceptation.

— Parlant de quelque chose de doux, dit Aurora en se blottissant contre Randall avec un sourire malicieux, j'ai entendu dire qu'il y avait un stand de baisers installé près de la fontaine. Tu m'accompagnes, mon cœur ?

— Seulement si tu me promets de ne pas me faire payer chaque baiser, dit Randall en riant, ses yeux pétillants de joie tandis qu'il passait un bras autour de sa taille.

— Marché conclu, dit Aurora, son rire enfantin résonnant comme une chanson qui emplissait la place. Je me réserve cependant le droit d'exiger un paiement d'une autre manière plus tard.

— D'une autre manière, hein ? Très bien, dit-il avec un sourire en coin, déposant un baiser prometteur sur sa joue avant de la guider vers la fontaine.

Alors qu'ils marchaient, main dans la

main, le cœur de Randall se remplissait de gratitude pour l'amour et l'acceptation qu'il avait trouvés à Love Springs. Il semblait que toute la ville s'était animée, éclatant d'une nouvelle camaraderie et unité. Et tout cela grâce à une femme remarquable qui avait réussi à capturer son cœur et à réparer les pièces brisées de son passé.

— As-tu déjà pensé que nous pourrions être responsables d'un si beau changement ? demanda Aurora, son regard balayant les visages souriants de leurs amis et voisins.

— L'amour est une chose puissante, répondit Randall en serrant doucement sa main. Et quand deux cœurs se trouvent, on ne sait pas ce qu'ils peuvent créer.

— D'accord, dit Aurora, incapable de s'empêcher de le regarder. Je t'aime, Randall Woods.

— Je t'aime aussi, Aurora Sinclair, dit Randall, ses yeux ne quittant jamais les siens.

Vous ne pouvez pas en avoir assez de Randall et Aurora ? Vous voulez savoir quelles nouvelles douceurs sucrées ils peuvent créer à la boulangerie Les Délices de l'Amour après leur heureux pour toujours ?

Obtenez l'épilogue bonus gratuit ici :

Cherrylily.com/Ginger-FR

Le bonus comprend :

- Une nouvelle création de produits de boulangerie de Randall.
- L'amour est encore dans l'air à Love Springs ?
- Et une annonce toute spéciale d'un bout de chou pour ces deux-là !

À PROPOS DE L'AUTEURE

Ginger Hudson adore écrire des romances amusantes et chaleureuses se déroulant dans de petites villes, avec un héros ronchon et une héroïne lumineuse. Ses livres sont destinés à vous faire sourire et à vous laisser toujours satisfait avec une magnifique fin heureuse.

Elle vit avec son mari, parfois ronchon, et leur chat, Ed, qui aime regarder des vidéos de bains de poussière de chinchillas sur YouTube. L'une de ses activités préférées est de se blottir sur le canapé avec un bon livre, une tasse de thé et un chat sur les genoux.

Si vous voulez en savoir plus sur elle, vous pouvez vous inscrire à sa newsletter occasionnelle pour recevoir du contenu

bonus exclusif, des livres gratuits, et plus
encore à l'adresse suivante :

Cherrylily.com/Ginger-FR

BB bookbub.com / authors / gingerhudson

g goodreads.com / gingerhudson

AUTRES LIVRES DE GINGER HUDSON

Vous pouvez trouver tous les romans de romance de petite ville de Ginger Hudson sur Amazon

Cherrylily.com/Ginger-Amazon

(N'oubliez pas de vous +S'abonner pour recevoir les notifications de nouvelles parutions)

9 798890 370174